쓸데없어 보

꽤

KB081424

* 일러두기
- 본문에서 글맛을 살리기 위해 의도적으로 작가의 표현 그대로 사용하였습니다.

쓸데없어 보여도
꽤 쓸모 있어요

호사 지음

분명 빛날 거야, 사소한 것들의 의미

Booksgo

분명 빛날 거야, 당신의 쓸모

머릿결이 살아 있는 트럼프 양말, 벽돌, 2년 전 달력, 짚신, 닭다리 모양 쿠션 등등.

몇 해 전부터 '쓸모없는 선물' 주고받기가 유행이다. 상대에게 필요하고 값진 선물 대신 어디에 쓸까 싶은 생 뚱맞은 선물을 주고받은 인증샷이 SNS에 넘쳐났다. 발 빠른 쇼핑몰들은 '쓸모없는 선물' 카테고리를 만들어 지 갑을 열도록 부채질했다. 전문가들은 살기가 팍팍하고 치열하니 가볍게 웃어넘길 수 있는 '휘발적 가치'를 좇는 사람들이 늘어난 결과라고 분석했다.

천하제일 쓸모없는 선물 대잔치를 지켜보며 궁금했 다. 쓸모없음의 기준은 뭘까? 쓸모의 있고 없음은 누가 정하는 걸까? 대체 세상에 쓸모없는 건 무엇일까?

평균 이하의 아담한 키, 100% 자연산 좁고 가는 홑꺼풀 눈, 자칫 방심하면 이어폰이 탈출하는 자그마한 귀, 여유 없이 좁디좁은 마음, 눈물 나게 자그맣고 귀여운 통장 잔고까지…. 내가 가진 것들은 대부분 이렇게 작다.

그래서일까? 남들은 쓸모없다고 여기는 보잘것없이 작은 것들이 눈에 들어왔다. 다들 멀찍이 미뤄 두고 신경 쓰지 않는 사소한 것들이 아우성치는 소리가 귓가를 울렸다. 천덕꾸러기 취급받는 하찮은 것들이 전하는 대단한 에너지가 머리와 마음에 닿았다.

소중한 사람이 되고 싶었다. 그러기 위해서는 필요한 사람이 되어야만 했다. '나'라는 인간의 쓸모를 증명하기 위해 애쓰며 살았다. 내가 닳아 없어지는 줄도 모른 채 남들의 눈높이에 맞추느라 아등바등했다.

너덜너덜한 상태로 어디로 가야 할지 방향을 몰라 헤맬 때, 탄탄한 기준이 되어 준 소중한 것들이 있었다. 천년만년 살지도 못하면서 악착같기만 했던 내게 쓸모없다 여겨지는 것들이 건넨 단순한 메시지가 다가왔다. 그것들을 들여다보며 삶의 태도를 배우고, 나만의 해답을 찾았다.

이 책에는 나를 일으켜 준 쓸모없는 것들에 대한 이야기가 담겨 있다. 말라비틀어진 식빵부터 숫자가 단 한 개도 맞지 않은 로또 낙첨 종이까지…. 당장 쓰레기통에 들어가도 이상하지 않은 것들이 품은 가치와 의미를 되짚어 본 집요한 관찰의 흔적이다.

이번 책을 쓰기 위해 머리를 쥐어짜며 글과 씨름하고 있을 때, 친구에게서 안부 연락이 왔다. 어떻게 지내냐는 물음에 네가 잘 지낸다면 나도 지내고 있다고, 지금은 책을 쓰고 있다고 답했다. 친구는 이번 책은 또 어떤 내용이냐며 궁금해 했다. '쓸모없(어 보이)는 작고 소중한 것들의 쓸모'를 돌아보는 책이라고 간단하게 설명했다. 내용을 들은 친구는 기다렸다는 듯 답했다.

"캬, 나도 그런 거 되게 많은데… 1번이 남편?"

이 말에 픕 하고 웃음이 터져 버렸다. 난 미혼이지만 주변에 수많은 기혼자들의 생생한 증언을 귀 따갑게 들어왔다. 친구의 말속 깊은 뜻이 어렴풋이 짐작되는 바람에 웃음이 새어 나왔다. 달콤하고 뜨거운 사랑의 계절은 일찌감치 지났고, 쓰고 차가운 현실을 살아가는 생활인다운 답변이었다. 어쩌면 한때는 세상 전부였을 동반자도 어느샌가 쓸모를 눈 씻고 찾아봐야 하는 존재가 되었다.

　세상에 나쁜 개는 없듯, 세상에 쓸모없는 것은 없다. 존재하는 모든 것들은 분명 쓸모를 가지고 태어나지만 상황이나 시간에 따라 그 쓸모가 흐릿해진다. 잠시 희미해졌을 뿐인 쓸모를 우리는 애초에 없던 존재로 취급했을지 모른다.

　자신이 세상에서 제일 쓸모없는 똥멍청이 같아 괴롭다면 가벼운 마음으로 이 책을 펼쳐 보길 바란다. 책의 마지막 장을 덮는 순간, 내 곁에 있는 하찮은 것들이 다시 보일 것이다. 쓸모없다고 여겨지는 사소한 것들이 품은 선명하고 당당한 '쓸모'를 가슴에 새기고 살아간다면 괴롭기만 한 날들은 끝난다. 지금은 천덕꾸러기 같은 당신의 쓸모도 애정을 담아 보기 시작하면 반짝반짝 빛날 것이다. 반드시!

2021년 가을
호사 ✦˚

/ contents /

2장 ✦ 도망치고 싶을 땐 나의 쓸모가 필요해 ✦

3장 ✦ 비스듬히 보면 다르게 보이는

1장

너는 필요 없어도
나에게는

제빵사는 결코 몰랐을 식빵의 결말

먹다 남은 식빵의 쓸모

산책을 위해 집에서 10분 거리 개천 변으로 향하던 길. 생각 없이 걷던 내 앞에 한 남자가 있었다. 약 5미터 정도 거리를 유지하며 앞서 걷는 그는 40대 후반에서 50대 초반으로 보이는 흔한 중년이었다. 마른 체구에 가벼운 운동복 차림인 남자는 긴 다리로 성큼성큼 걸었다. 그가 눈에 들어온 이유는 손에 쥔 식빵 봉지 때문이었다. 그 길로 가는 사람들의 손에는 보통 핸드폰 혹은 물병이 쥐어져 있다. 그런데 남자의 손에는 한쪽 면이 전부 갈색인

맨 끝부분을 포함한 식빵 두세 장이 담긴 봉지가 있었다. '무슨 식빵 봉지를 저렇게 소중히 쥐고 가는 거지? 걸어가면서 먹으려는 걸까? 아니면 먹다 남긴 걸 챙겨가는 걸까?' 잼 하나 바르지 않은 맨 식빵이 담긴 봉지를 쥐고 가는 남자를 향해 궁금증이 모락모락 피어올랐다.

내가 식빵의 정체에 대해 갖가지 상상을 하느라 한눈을 판 사이, 남자는 어느새 사라지고 없었다. 일면식 없는 그와 헤어지며 '식빵의 쓸모'는 그렇게 영원히 미스터리로 남겠구나 싶었다. 하지만 정확히 5분 후, 나는 남자를 다시 만났고 식빵의 미스터리도 스르르 풀렸다.

양쪽에서 흘러온 물이 하나로 모이는 Y자 모양 길 위에 놓인 야트막한 도보교. 남자는 그곳의 난간에 기대 물속을 유심히 들여다보고 있었다. 그리고 봉지에서 식빵을 꺼내 잘게 조각을 내서 물 위에 뿌렸다. 여기가 식빵 맛집이라고 소문이라도 났던 걸까? 식빵 조각이 수면 위에 닿기도 전에 어른 팔뚝만 한 잉어들이 튀어 올랐다. 덩달아 근처 물 위에 둥둥 떠서 상황을 유심히 지켜보던 야생 오리들도 부리나케 달려들었다.

나는 도심 한가운데에서 난데없이 생명력 폭발의 현

장을 목격하게 되었다. 남자의 식빵 조각이 쏘아 올린 뜻밖의 밥그릇 싸움. 별 의식하지 않고 지나쳤던 이 개천에 이렇게 많은 생명체가 사는 줄 몰랐다. 말라비틀어진 식빵 조각으로 비로소 드러난 잉어 떼와 새들의 존재감에 새삼 놀랐다.

자전거를 타고 가던 할아버지도 멈춰서 그 장면을 구경했다. 유모차를 끌고 산책을 하던 할머니도 유모차 안의 손자를 안아 올렸다. 파워워킹을 하던 아주머니 그룹도 관전 모드로 집중했다. 땀에 젖은 채 달리던 마라톤 동호회 사람들도 그곳을 지날 때는 속도를 늦추고 고개를 돌려 신기한 풍경을 구경했다.

가장 신난 건 역시나 식빵을 흩뿌리던 남자였다. 남자의 얼굴에는 열 살 소년의 천진난만한 미소가 가득 스며 있었다. 오케스트라를 이끄는 지휘자라도 된 듯 남자의 손놀림에 따라 잉어들이 튀어 올랐고, 야생 오리들이 날갯짓을 했다. 물 위의 지휘자, 식빵 아저씨의 한바탕 공연이 끝나고 봉지 속 식빵이 바닥나자 손에 묻어 있던 빵 부스러기까지 알뜰하게 물 위에 털었다. 한바탕 생라이브 야생 먹방 쇼가 끝나니 사람들은 뿔뿔이 흩어졌다. 식빵 아저씨도 사람들 사이를 비집고 나와 유유히 사라졌다.

　애초에 식빵이란 게 사람 먹으라고 만들어진 음식이기 때문에 동물들에게 마냥 좋지는 않겠지만… 식탁 위에서 말라비틀어져 가던 식빵 쪼가리가 집 밖으로 나오니 굶주린 동물들의 소중한 먹거리가 됐다. 음식물 쓰레기가 될 뻔한 식빵 몇 장이 동물들의 피와 살로 변신했다. 또 신나게 식빵을 먹는 동물들의 모습을 지켜보는 사람들에게는 이 도시는 인간만이 사는 곳이 아니라는 사실도 일깨워 줬다. 무엇보다 식빵 몇 조각은 중년의 남자를 잠시지만 소년의 시절로 돌려놓은 마법약이 되었다.

　제빵사는 알았을까? 아니 오븐에서 갓 나온 따끈따끈한 시절의 식빵은 상상이나 했을까? 자신이 물고기와 새들의 밥이 될 운명이라는 걸. 보통의 식빵들이 그랬던 것처럼 잼으로 간단히 메이크업을 한 평범한 토스트가 될 거라 믿었을 것이다. 어쩌면 우유와 달걀물 샤워로 부드러움을 더한 프렌치토스트가 될 거라 상상했을지 모를 일이다. 좀 더 욕심을 부리면 햄, 치즈 등 부재료를 더해 화려한 샌드위치가 되는 줄 알았겠지?

이 비범한 식빵에게는 단순히 인간의 허기를 달래 주는 보통 식빵의 운명과 다른 쓸모가 있었다. 물고기와 새들의 허기를 채워 줬다. 동시에 이 세상에 '지들'만 사는 줄 아는 오만한 인간의 뒤통수를 때린 고소한 망치가 되었다. 뿐만 아니라 중년의 한 남자를 소년으로 변신시킨 신비한 묘약이 되었다. 이렇게 모든 것은 쓸모를 가지고 태어난다. 그 쓸모란 언제 어떤 상황에서 빛나게 될지 모른다.

자신의 쓸모를 몰라 고민하고 괴로워하는 누군가에게 말하고 싶다. 아직 때가 오지 않았을 뿐, 상황이 덜 여물었을 뿐, 포기하지 않는다면 머지않아 당신의 쓸모는 빛날 것이다. 보편적 결말이 꼭 나의 결말일 필요는 없으니까.

모든 것은 쓸모를 가지고 태어난다.

그 쓸모란 언제 어떤 상황에서 빛나게 될지 모른다.

아직 때가 오지 않았을 뿐, 상황이 덜 여물었을 뿐,

포기하지 않는다면 머지않아

당신의 쓸모는 빛날 것이다.

똥멍청이가 된 기분을 세탁하고 싶나요?

셀프 우쭈쭈의 쓸모

단아한 외모, 군더더기 없는 성격의 A선배. 그는 자신의 생김새와 성품처럼 일도 깔끔하게 처리했다. 전쟁터 같은 현장에서도 냉정하게 상황을 파악하고, 해결책을 제시해 주던 배울 점 많은 선배였다.

언제 어디서 폭탄이 터질지 몰라 전전긍긍하며 살던 꼬꼬마 시절의 일이다. 초보 폭발물 처리반처럼 쿵쾅거리는 심장을 움켜잡고 우왕좌왕하고 있던 그때, 선배의 목소리가 들렸다.

"아이고, 이 똥멍청이!"

들으면 분명 화가 치밀어 오를 만한 말이었다. 나를 모르는 사람이 던진 말이라면, 나에 대한 애정이 없는 사람이 한 말이라면 당연히 화가 났을 것이다. 하지만 A선배가 던진 그 말은 내게 구원자의 목소리처럼 느껴졌다.

캄캄한 어둠 속에서 한 줄기 빛 같던 선배의 그 말, 똥멍청이! 아무에게나 해 주지 않는 귀한 말이었다. 욕쟁이 할머니가 들이미는 걸쭉한 욕 한 사발처럼 선배의 말에는 애정과 관심, 걱정과 격려가 담겨 있다는 걸 나는 이미 알고 있었다.

선배는 양팔을 걷고 어리바리의 늪에 빠져 허우적거리는 나를 덥석 건져 올렸다. 나를 붙들어 앉혀 놓고 진흙을 탈탈 털어 주며 말했다. 문제점이 무엇이었는지, 문제를 해결하기 위해서는 어떤 것부터 처리해야 하는지, 앞으로 어떻게 해야 하는지까지 꼼꼼히 알려 줬다. 존재 자체로 공기의 흐름을 바꾸는 A선배. 그래서 선배의 입에서 나온 '똥멍청이'라는 말은 내게 오히려 달콤하게만 들렸다.

살다 보면 나 자신이 세상 둘째가라면 서러울 똥멍청

이처럼 느껴질 때가 있다. 비가 온다는 일기 예보를 보고도 우산을 안 챙겨 나온 탓에 또 우산을 사야 한다거나, 일말의 의심 없이 100% 확신에 차 던진 말에서 치명적인 오류를 발견했다거나, 분명 당당해도 될 상황에 굽신하고 있는 나 자신을 자각하게 된다거나. 수도 없이 똥멍청이 같은 내 모습을 마주하다 보면 서툴고 실수투성이인 내가 미워진다. 그럴 때마다 귓가에 A선배의 목소리가 들리는 듯하다.

이젠 내 곁에 코 닦아 줄 선배가 없으니 내가 A선배가 된다. 선배의 말투를 흉내 내며 시원하게 내뱉는다.

"이그, 똥멍청이!"

실수해 침울한 나에게서 한 발짝 떨어져 '어른인 나'를 소환한다. A선배가 그랬던 것처럼 흙먼지로 만신창이가 된 나의 허울을 벗겨 탁탁 털어낸다. 우울한 기분을 말갛게 세수시켜 준다.

내가 응급상황 때 쓰는 '똥멍청이 기분 세탁법'이 몇 개 있다. 평소라면 잘 시도하지 않는 것들에 도전한다. 사소하고 하찮은 것일수록 효과가 좋다. 언제나 아이스 아메리카노를 먹지만, 기분을 업 시켜 주는 향기롭고 달달

한 꿀 커피를 택한다. 늘 가던 길 말고, 돌아가더라도 낯선 길로 간다. 비트코인이나 천체 물리학 같은 전혀 관심 없는 '이과 맛'이 나는 분야의 책을 골라 읽는다. 경험하지 않았던 새로운 자극에 집중하다 보면 기분이 가라앉을 틈이 없다. 이런 돌발 사태를 대비해 휴대전화 메모장에는 '똥멍청이 기분 세탁 세제'가 항시 대기 중이다.

진짜 똥멍청이 시절, 내가 괴로웠던 이유는 단순했다. 내 안에 여러 개의 내가 있다는 걸 몰랐다. 나와 내 안의 여러 얼굴을 한 나를 구분하지 못했다. 일로 지적을 받으면 일터에서 그 기분을 끊고 나와야 하는데, 사무실 문밖을 나가서도 자책했다. 잠자리에 누워서도 이불킥을 하며 그 상황을 리플레이해 곱씹었다. 그게 반성이고, 더 좋은 내가 되는 밑거름이라고 믿었다. 하지만 생각하면 생각할수록 나의 똥멍청이 짓은 크게 다가왔고, 점점 더 나를 위축시켰다.

지적받는 내가 있으면 칭찬받는 나도 있고, 실수하는 내가 있으면 성공하는 나도 있다. 기대에 못 미치는 내가 있으면, 기대 이상의 성과를 내는 나도 분명 있다. 나를 어느 하나로 단정 지을 수는 없다. 울적한 기분으로 가라앉아 있어 봤자 더 깊이 가라앉을 뿐이다. '우울한 나' 말고 '즐거운 나' 쪽으로 관심을 방향을 돌려야 한다.

바닥에 처박힌 나를 누군가 나타나 끌어올려 주길 기다리는 것보다 스스로 똥멍청이 기분에서 빠져나오는 게 빠르다. 여기서 나는 기적을 행할 수 있는 위대한 존재가 된다. 세상에 존재하는 기적 중에서 내가 해낼 수 있는 기적, '밍기적'을 해낸다. 바닥에 찰싹 달라붙은 껌딱지처럼 있어 봤자 지나가는 이 사람 저 사람 발에 밟혀 시꺼메질 뿐이다. 그렇다면 더 엉망이 되기 전에 밍기적 움직이는 편이 낫다. 갑자기 격하게 움직였다가는 탈이 날 수 있으니 사부작사부작 움직이는 것이 중요하다. 본격적인 운동이나 경기에 들어가기 전에 몸을 풀기 위해 가볍게 워밍업을 하듯 간단한 일부터 하나씩 해내 메마른 자신감을 채운다.

누가 해 주지 않으니 '셀프 우쭈쭈'를 해야만 한다.
'그래. 이만하면 잘했어. 나쁘지 않아. 그만하면 됐어. 충분해.'
UN에서 트라우마를 겪은 난민을 돌볼 때 활용한다

는 심리치료법인 버터플라이 허그Butterfly hug, 양손 엄지손가락을 교차해 나비 모양을 만들어 스스로를 보듬어 안아 주는 것에서 더 나아가 '왕 버터플라이 허그'를 한다. 팔을 X자로 교차해 왼손으로는 오른쪽 어깨를, 오른손으로는 왼쪽 어깨를 감싸 토닥여 준다.

살다 보면 언제 또 똥멍청이 기분이 내 머리 위로 우르르 쏟아질지 모른다. 하지만 금세 나를 평소 상태로 돌려놓을 셀프 우쭈쭈할 방법을 잘 알고 있으니 괜찮다.

철저한
준비성의 이면

통증의 쓸모

별명이 '보부상'인 친구 K는 요즘 도수치료가 한창이다. 현대인의 고질병, 어깨 통증 때문에 수개월째 돈과 시간을 쏟아부어 치료를 받고 있다. 그런데 시간이 지나도 도통 증상이 낫지 않는다고 했다. 담당 선생님을 바꿔야 할지 아니면 아예 병원을 바꿔야 할지 고민 중이라는 K는 왜 이리 통증이 사라지지 않는지 의문이라고 했다. 그 이야기를 듣는 우리 사이에 묘한 온도의 눈빛이 빠르게 오갔다. 당사자는 영문을 모르지만, K의 어깨 통증이 낫지 않는 이유를 우리는 모두 알고 있었다.

원인은 바로 가방 속 짐. 집에서 걸어서 10분 거리 카페에 와도 K의 한쪽 어깨에는 늘 커다란 가방이 걸려 있다. 여행 갈 때를 제외하면 양쪽 어깨에 짊어지는 백팩을 메는 일도 없다. 보통 양쪽 어깨에 메인인 숄더백과 에코백류의 보조 가방이 금실 좋은 부부처럼 나란히 매달려 있다. K 같은 사람들을 위해 신은 인간의 어깨를 두 쪽으로 만든 걸까?

언젠가 가방 속에 대체 뭐가 들었는지 물어본 적이 있다. K는 방문 판매원처럼 가방에서 물건을 하나하나 꺼내 테이블 위에 올려놓으며 말했다.

"다들 이 정도 가지고 다니는 거 아니야? 이거 다 필요한 거야."

화장품 파우치는 기본! 노트북, 책, 텀블러, 이북 리더기, 다회용 빨대, 다이어리, 펜 모양 옷 얼룩 지우개, 손수건, 필통, 여름이면 얇은 카디건, 겨울이면 머플러, 휴대용 장바구니, 보조 배터리, 요일별로 먹어야 할 영양제를 담은 약통, 빗, 향수까지… 도라에몽의 4차원 주머니처럼 K

의 가방 속에서 물건들이 줄지어 나왔다. 종류도, 크기도, 목적도 각기 다른 물건들이 테이블 위를 점령해 가고 있었다. K의 말대로 외출할 때면 적어도 한 번은 가방 밖 세상 공기를 맡는 물건이었다. 하지만 없어도 사는 데 지장 없는 것들이었다. 다만 좀 불편할 뿐. 사는 동안 평생 써야 하는 어깨를 무너뜨릴 만큼 필요한 물건인 걸까? 사람마다 기준이 다르니 옳고 그름을 무 자르듯 판가름할 수는 없었다. 다만, 일상의 편리함 vs 통증 없는 어깨. 둘 중 하나를 택해야 한다면 난 두 번 고민하지 않고 '어깨'다.

K에게 어깨를 짓누르는 수많은 짐이 있다면, 내 머릿속에는 마음을 짓누르는 수많은 생각이 있다. 남들이 보기에는 당장 필요 없는 불필요한 고민과 걱정을 안고 살아간다. 선뜻 결단을 내리지 못 하고 머리로 곱씹으며 답을 고민하고, 일어나지 않은 일을 미리 앞서서 걱정했다. 머리를 쥐어뜯으며 괴로워하는 나를 보던 사람들은 말했다.

"넌 생각이 너무 많아."

내가 보기엔 K의 가방 속 물건들이 불필요하게 많아 보이는 것처럼, 남들이 보기에는 내 생각이 차고 넘칠 만큼 많았다. 어깨 통증을 만드는 물건들과 두통을 만드는 생각들. 그 출처와 모양은 달라도 결국 자신을 괴롭게 만드는 건 마찬가지다.

어찌 보면 통증은 '열심의 증거'다. K의 어깨 통증도, 내 두통도 모두 철저한 준비성 때문에 생겨났다. 일종의 선제 대응이랄까? 언제 어떤 일이 생길지 모르니 이 물건도 챙기고, 저 물건도 챙기다 보니 가방이 무거워진 것이다. 작고 가벼운 물건도 쌓이고 쌓이다 보면 어깨를 망가뜨릴 만큼 육중한 무게가 된다. 마찬가지로 언제 어떤 일이 나를 덮칠지 모르니 이럴 땐 이렇게 하고, 저럴 땐 저렇게 해야 하고… 다양한 경우의 수를 계산하다 보니 머리가 무거워진다. 사소한 걱정일지라도 그것들이 모이면 나를 망가뜨릴 만큼 몸집을 불리기도 하니까.

하지만 열심도 과하면 독이 된다. 통증은 내게 닥친 위험을 알리는 경고등이다. 이 불빛을 대수롭지 않게 여기고 방치하면 결국 무너지게 된다.

뭔가를 열심히 하고 있다는 착각에서 벗어나야 한다. 뭔가를 열심히 하고 있다는 행위 자체에 위안을 받을 것이 아니라 근원적인 문제 해결에 집중할 필요가 있다.

　통증 때문에 일상생활에 지장이 생길 정도라면 과감히 정리해야 한다. 통증을 없애는 쉽고 빠른 방법이 하나 있다. 불필요한 짐을 가방 속에서 쓸모없는 걱정을 머릿속에서 꺼내는 것! 한꺼번에 몽땅 꺼내 버릴 수 없다면 하나씩 개수를 줄이는 시도를 해 본다. 처음엔 애착 인형을 빼앗긴 아이처럼 마음이 불안해 안절부절 못할 것이다. 이래도 되나 싶겠지만, 이래도 되는 경우가 대부분이다. 애초에 내 삶에 없던 존재들을 이고 지고 살다 생긴 문제니까 없어도 사는 데 지장 없다. 인간은 적응의 동물, 예상보다도 금방 적응하는 내 모습에 놀랄지도 모른다.

　그저 '열심뿐인 열심'은 하면 할수록 통증만 심해질 뿐이다. 걱정은 걱정을 낳고, 생각이 생각을 부르는 고리부터 끊어야 한다. 머리가 지끈지끈 아파 온다면 일단 눈을 딱 감고 그 열심인 일에서 손을 뗀다. 그리고 자리를 털고 일어나 밖으로 나가 머릿속에 엉킨 실타래 같은 생각들을 토해내듯 숨을 길게 내뱉고 다시 들이마신다. 시원한 아이스 아메리카노를 쭈욱 들이켜 답답하고 뜨거운 속과 머리를 식힌다. 머리가 차가워지면 그제야 보인다.

조금 전까지만 해도 '열심'이란 이름을 붙여 활활 태우던 건 '열정'이 아니라 '나 자신'이었다는 사실을. 열심이란 착각 뒤에 기다리고 있던 건 번듯한 결과가 아니라 까맣게 재가 된 내가 될 뻔했다는 걸 잊지 말아야 한다.

사라진
콘택트렌즈를 찾아서

렌즈 분실의 쓸모

　월요일 아침 댓바람부터 안과에 앉아 있었다. 가슴을 졸이며 기다리기를 한참, 드디어 내 차례가 왔다. 진료실에 들어선 나는 의자에 앉기도 전에 의사 선생님께 말했다.

　"분명 눈 안에 콘택트렌즈가 있었는데… 사라졌어요."

　악몽 같은 그 사건은 지난주 토요일 오후에 시작됐다. 잠시 외출을 위해 집을 나선 차였다. 이제 막 전철을 타려는 찰나 왼쪽 눈이 간지러워 슬쩍 눈꺼풀을 문질렀을 때, 갑자기 시야가 흐릿해지더니 눈앞이 뿌옇게 변했다. 뭔가 이상했다. 하루아침에 시력을 잃는다는 게 이런 걸까? 한 번도 경험하지 못한 공포가 밀려왔다. 조심스럽게 왼쪽 눈을 감아 오른쪽 눈의 상태를 살폈지만 선명했다. 오른쪽 눈에는 문제가 없었다. 그렇다면 답은 간단했다. 이건 왼쪽 눈의 렌즈가 사라졌다는 의미다. 대학 입학과 동시에 안경을 벗고 콘택트렌즈를 끼기 시작한 이후 처음 겪는 일이었다.

전철이 멈추고 문이 열리기 전 그 짧은 순간, 앉았던 자리부터 옷의 이곳저곳, 신발 위까지 샅샅이 훑었다. 하지만 눈에서 빠져나왔을 렌즈는 그 어디에도 보이지 않았다. 그렇다면 렌즈가 도망갈 곳은 하나였다. 바로 눈꺼풀 안. 찜찜한 마음을 안고 재빨리 전철에 올라 자리에 앉았다. 그리고 흐릿한 왼쪽 눈을 감고 선명한 오른쪽 눈에 의지해 스마트폰으로 검색했다.

#눈_뒤로_넘어간_렌즈
#사라진_렌즈_대처법

여러 관련 기사들을 찾아봤다. 걱정과 달리 뒤로 넘어간 것처럼 생각되지만, 실제로는 눈꺼풀 아래에 껴 있는 상태일 거라고 기사 속 안과 전문의는 말했다. 눈꼬리 쪽 눈꺼풀을 살짝 비벼 렌즈를 이동시켜 빼내는 방법도 있고, 인공 눈물을 넣거나 진짜 눈물을 흘려 자연스럽게 빠지기도 한다고 했다. 이동하는 내내 전철 안 사람들의 시선을 애써 외면한 채 거울을 보고 눈꺼풀 안쪽으로 넘어갔을 렌즈를 빼내려 시도했다. 하지만 공들인 노력에도 불구하고 결국 렌즈를 찾진 못했다.

그렇게 짝눈인 채로 반나절을 보내고 집으로 돌아왔다. 씻기 위해 욕실에 들어가 한참 눈꺼풀을 뒤집고 씨름을 했는데도 렌즈 끄트머리조차 보지 못했다. 잠을 자다가 잠결에 스르륵 빠진다는 경험자들의 후기가 생각났다. 나도 그 우연의 힘에 기대 보기로 하고 평소보다 일찍 잠자리에 들었다. 이물감이 여전한 왼쪽 눈을 감고 빌었다.

'제발 내일 아침 일어나면 거짓말처럼 눈 안의 렌즈가 빠지게 해 주세요! 착하게 살게요. 몸이 유일한 재산인 사람입니다. 부디 눈 건강만큼은 빼앗아 가지 말아 주세요!'

다음 날, 일어나자마자 눈과 베개 주위부터 살폈지만

렌즈의 흔적은 보이지 않았다. 여전히 왼쪽 눈에는 뭔가 들어간 듯 불편한 느낌이 가득했다. 더 이상 방법은 없었다. 병원에 가야 한다.

초조하게 일요일을 보내고 월요일 아침, 눈을 뜨자마자 안과로 향했다. 그리고 의사 선생님께 그간의 상황을 설명하니 대수롭지 않은 듯 내 눈꺼풀을 뒤집어 살폈다.

"렌즈는 눈꺼풀 안쪽에 없습니다. 다행이네요."

의사 선생님의 건조한 말을 듣고 가슴을 쓸어내렸다. 안도하는 마음 한편에서 의심이 피어올랐다. 그렇다면 지난 이틀간 나를 괴롭힌 왼쪽 눈에 있던 이물감의 정체는 뭐였을까? 의사 선생님은 기분 탓일 거라고 했다. 안과 전문의가 확인 사살을 해 주기 전까지 렌즈가 내 눈 안에 있다고 철썩같이 믿었다. '렌즈가 빠지지 않고 각막에 상처를 내거나 더 나아가 시력 악화에 영향을 줘 결국 눈이 멀게 되는 건 아닐까?' 하는 최악의 시나리오까지도 써내려갔다. 그렇게 지난 이틀간 나는 실체도 없는 상상 속 렌즈 때문에 시각을 잃는 아찔한 상상을 하며 지옥 같은 주말을 보냈다.

생각해 보면 나를 불안에 떨게 한 건 존재하지 않는 허상이었다. 단지 렌즈가 사라진 단순한 사건일 뿐인데, 어설프게 주워 모은 남들의 경험과 상상을 덧입혀 웅장한 공포를 만들어 냈다. 내 특기가 또 발동된 거다. 보통 내 인생은 크게 두 가지로 구분할 수 있다. 쫄아들 예정이거나 쫄고 있는 중이거나. 둘 중 하나가 아닐 리 없는 완벽한 쫄보의 인생이다. 마감 기한에 쫄리고, 권력자 앞에 쫄고, 새로운 도전 앞에 쫄아붙는다. 어김없이 날아온 카드값 명세서 숫자에 쫄리고, 날 선 평가에 쫄리고, 불확실한 미래에 쫄아붙는다.

적지 않은 해를 살아 보니 이번 렌즈 사건처럼 잔뜩 쫄았지만 막상 직접 확인하거나 경험해 보면 별거 아닌 게 대부분이었다.

모든 일에는 타이밍이라는 게 있다. 어김없이 쫄보 스위치가 올라가 내가 우물쭈물하는 사이, 좋은 타이밍은 빛의 속도로 사라져 갔다. 좋은 인연, 더 안정적인 조건의 일자리, 보다 만족스러운 기회 등등. 그렇게 떠나보낸 게 한두 개가 아니었다. 일찌감치 떠나간 타이밍의 뒤통수를 보며 허망하게 지켜보는 일은 이제 안 하기로 했다.

쫄보 모드가 발동한다 싶으면 렌즈 사건을 떠올릴 것이다. 더는 실체 없는 공포가 내 손발을 묶도록 내버려 두지 않기로 했다. 지금까지 쫄보의 삶을 충분히 경험했으니 이제는 대범하고, 과감한 삶의 맛도 봐야 내 인생이 공평하지 않을까?

솔직히 인정할 건 인정하자

어쩌라고 정신의 쓸모

한때 삶의 모토가 '적을 만들지 말자'였던 시절이 있다. 사회생활을 하면 할수록 누군가를 완전한 내 편으로 만드는 것보다 적을 만들지 않는 게 훨씬 쉽게 느껴졌기 때문이다. 가능하면 불편한 상황을 만들지 않고, 손해를 좀 보더라도 상대방을 배려했다. 대세에 지장이 없으면 그들의 의견을 존중하며 살았다. 그런데 그건 나만의 엄청난 오판이었다는 걸 알게 된 지는 그리 오래되지 않았다.

"그 선배는 정말 젊은 꼰대야."

앞에서는 웃으며 '안녕' 했던 후배가 뒤에서 내 뒷담화를 하고 다녔다는 걸 건너 들었다.

"얘는 심각한 유리 멘탈이잖아."

늘 나를 따뜻하게 위로하던 지인이 술자리에서 내가 잠든 줄 알고 하는 소리를 선잠에서 깨 들었다.

이 말을 듣는 순간, 몸과 마음이 꼼짝할 수 없이 얼어붙었다. 난 최선을 다해 살았는데 내 인생 전체와 신념이 부정당하는 느낌이었다. 내가 옳다고 믿는 기준에 따라 상대를 위해 맞춰 주고, 이해하고, 배려했다고 생각했다. 그런데 결국 나에게 돌아온 건 '유리 멘탈을 가진 젊은 꼰대'라는 타이틀이었다. 겉으로 내색할 수 없었지만, 그때의 충격 때문에 한동안은 얼얼한 뒤통수를 무의식중에 어루만지는 습관이 생길 정도였다.

하지만 시간이 지나고, 충격이 흐릿해지면서 상황을 객관적으로 보게 됐다. '나는 왜 그 소리를 들었을 때 화가 났을까?'

내가 생각한 정반대의 타이틀이 붙은 상황에 분노가

치밀었다. 꼰대라는 소리가 듣기 싫어서 후배들 입장에서
이해하고 맞춰 주기 위해 애썼다. 약한 모습을 보이지 않
기 위해 힘든 부분은 감추고, 뭐든 괜찮다고 말하던 나였
다. 결국 좋은 사람이 되기 위해 들였던 노력이 물거품이
된 게 화가 났다. 후배에게 뒤통수를 세게 맞고 어안이 벙
벙해 있을 때, 절친들은 나를 이렇게 위로했다.

"지나가는 개가 짖었다고 생각해. 네 인생에 존재감
없는 먼지 같은 게 '개소리'를 한 건데 왜 네가 괴로워해.
네 에너지가 아까워. 그럴 만한 가치가 있는 후배는 아니
잖아. 너를 제대로 알고, 너를 사랑하는 사람들은 그렇게
생각하지 않으니까 걱정하지 마. 지나가는 개가 짖은 소
리, 마음에 담아 두지 마. 얼굴 못생겨진단 말이야."

'어? 생각해 보니 그러네. 내 인생에 아무런 영향을 미
치지 않는 사람 때문에 왜 죽을상을 하고 괴로워해야 하
지? 내가 사랑하는 사람들과 행복한 시간을 보내기에도
인생은 짧잖아?'

영양가 없는 사람의 공격에 내상을 입고 굴 파고들 일
이 아니었다. 자학하며 인생을 낭비하기에는 내 주변에

나를 걱정하고 사랑해 주는 사람들이 넘쳐났다. 그들과 함께해야 할 눈부시게 아름다운 날들이 가득했다.

　모두에게 좋은 사람이 되는 건 불가능하다. 지구에 78억 명이 있으면, 78억 가지의 생각이 존재한다는 사실을 잊었다. 나는 내가 특별한 존재인 줄 착각했다. 모두가 나를 좋아할 거라고 단단히 오해했다. 누군가가 나를 평가하듯 나도 누군가를 평가한다. 좋은 사람도 있고, 그렇지 않은 사람도 있다. 이 사람의 어떤 면은 나와 맞으면서도 또 어떤 부분은 어긋나기 마련이다.
　나도 나 스스로가 낯설고 이해되지 않는 순간들이 존재한다. 그런데 내 마음에 꼭 맞는 사람이 어디 있을까? 모두가 알고 있겠지만 완벽한 사람은 없다. 그저 다들 자신의 기준에서 좋은 사람이 되기 위해 애쓰고 있을 뿐이다.

　그렇게 이 세상에 존재할 수 없는 유니콘이 되려고 애쓰는 일과 작별했다. 완벽에 대한 강박을 내려놓으면서부터 한결 가벼워졌다.
　내려놓음의 첫 단계는 '인정'이다. 세상이 다 내 마음

같을 수 없다는 걸 인정했다. 열심히 하는 것까지는 분명 내 몫이다. 하지만 내가 아무리 애쓰고 발버둥 쳐도 평가는 상대방의 몫이다. 작은 충격에도 힘없이 부서져 음식물 쓰레기밖에 안 되는 쿠크다스가 아니라 깨지면 흉기라도 될 수 있는 유리로 된 멘탈이라고 인정해 주니 얼마나 고마운지. 어차피 꼰대인데 '젊은'이라도 붙여 줬다는 사실에 감사했다.

'젊은 꼰대'라고, '유리 멘탈'이라고 세게 얻어맞았던 뒤통수의 얼얼함은 사라진 지 오래다. 한결 단단해진 뒤통수를 따뜻한 내 손으로 쓰다듬으면서 말한다.

"그래, 남들은 그렇게 생각할 수 있어. 그런데 뭐? 어쩌라고."

재미없는 책을
읽는 방법

보여 주기식의 쓸모

 며칠째 책을 붙잡고 있어도 도무지 페이지가 넘어가지 않을 때가 있다. 뼛속부터 문과인 사람들이 과학이나 수학 맛이 나는 책들을 읽을 때 주로 나타나는 증상이다.

 흥미로운 홍보 문구에 끌려 집어 들었지만 좀처럼 집중하기 힘들었다. 두께도 두껍고 무엇보다 내용을 이해하기 어려웠다. 이럴 때는 특단의 조치가 필요하다. 이 책과 나의 인연을 판가름할 최후의 수단이다. 이 방법을 쓰고도 읽히지 않으면 과감히 책 읽기를 포기한다.

일단 가방에 책을 쑤셔 넣고 결전의 장소인 카페로 간다. 아이스 아메리카노 한 잔을 시키고 창가에 자리를 잡고 앉으면 잠시 뒤 진동벨이 울린다. 커피를 받아 와 한 모금 쭈욱 마시고 정신부터 깨운 후 책을 펼친다. 지금부터 시작이다.

의욕 충만하게 출발했지만 그 열정은 채 몇 분 가지 못한다. 집 밖으로 나온다고 문과형 뇌가 금세 이과형 뇌로 바뀌진 않는다. 한 페이지, 한 페이지 넘어가는 속도가 점점 더뎌진다. 책을 내팽개치고 스마트폰을 확인하고 싶어 손이 근질근질하다. 어떤 자세를 잡아도 엉덩이는 불편하고 눈도 침침하다. 그럴 때 고개를 들어 목을 앞뒤 좌우로 풀며 주변을 살핀다. 스마트폰을 뒤적이는 사람, 같이 온 사람과 수다 떠는 사람, 책을 읽는 사람, 노트북으로 작업을 하는 사람, 태블릿으로 동영상을 보는 사람, 이어폰을 귀에 꽂고 멍하니 허공을 바라보는 사람까지 가지각색이다. 각자 자기 몫의 시간을 알뜰히 쓰고 있다. 여기서 내 단점을 소환한다. 남의 눈을 지독하게 의식하는 성격이 출동할 시간이다. 이 많은 사람 중 누군가가 나를 지켜보고 있다고 상상한다.

'저 사람은 뭐야? 책은 1분 보고, 스마트폰은 30분씩 하네?'

'책 읽는 거 SNS에 올려서 자랑하려고 카페 온 건가?'

'책만 펼쳐 놓고 딴짓할 거면 집에서 편히 누워서 보겠다.'

이렇게 생각하는 누군가가 있다고 설정한다. 사실 내가 다른 사람에게 관심 없는 것처럼 세상은 내게 지독하게 관심 없다. 책을 읽건 팝핀 댄스를 추건 나에게 신경 쓰지 않는다는 걸 잘 안다. 게다가 남들이 뒷말을 하든, 내 모습을 SNS에 올려서 조리돌림을 하든 상관없다. 법적, 도덕적 문제가 없고 남에게 피해를 주지 않는 선에서 내 시간을 쓰는 거니까.

하지만 남을 의식하는 성격인 난 누군가가 나를 보고 있다는 상상만으로도 자세를 고쳐 앉고 책에 집중할 수 있다. 평생 나를 괴롭히던 남을 의식하는 성격을 이렇게 활용한다.

바른 자세, 운동, 다이어트 등 나쁜 습관을 몰아내고 좋은 습관을 갖고 싶을 때 나를 지켜보는 제3의 시선이 있다고 생각하며 시작한다. 자율보다 주입식 교육과 감시가 가득했던 환경에서 자란 내게는 이것도 하나의 방법이 된다.

#이벤트성_인재영입
#보여주기식_일회성_방문
#이벤트성_지원책
#보여주기식_대처

　보여 주기식, 이벤트성이 나쁜 줄만 알았다. 보통 이 단어는 국민들이 낸 세금을 낭비하는 일을 비난하는 기사에서 많이 사용하니까. 하지만 그 범위가 사회에서 개인으로 가면 얘기는 달라진다. 보여 주기식, 이벤트성이라도 한 번 해 보고, 두 번 하고, 세 번 하다 보면 습관이 될 수 있다. 습관이 되면 집중하게 되고 집중하면 남들의 시선이나 의견 따위 신경 쓰지 않게 된다. 적어도 아예 안 하는 것보다 보여 주기식이더라도, 어쩌다 하는 이벤트성이라 해도 해 보면 얻는 게 있다. 처음 시작할 때 예상했던 것만큼 어렵거나 복잡하고 힘든 건 아니라는 걸 알게 된다.

나를 바꾸는 건 어렵다. 타고난 성향을 고치는 건 엄청난 노력이 필요하다. 하지만 내가 알고 있는 내 성격을 이용하는 건 쉽다. 하기 싫지만 해야 하는 일이 생기면 집 말고 무조건 밖에 나가서 시작한다. 사람들의 시선이 가득한 곳에 가서 일단 저지르고 본다. 집 안이었다면 어떻게 해야 하나 머리로 궁리만 하다 시간을 다 보낼 거니까. 밉고 싫었던 남을 의식하는 내 성격도 자세히 들여다보고 쓸 구석을 찾으면 이렇게 빛을 발하는 순간이 온다.

타고난 성향을 고치는 건 엄청난 노력이 필요하다.

하지만 내가 알고 있는 내 성격을 이용하는 건 쉽다.

밉고 싫었던 남을 의식하는 내 성격도 자세히 들여다보고

쓸 구석을 찾으면 이렇게 빛을 발하는 순간이 온다.

로또 명당
탄생의 비밀

로또 낙첨 종이의 쓸모

"로또 샀어?"

'밥 먹었냐'는 한국인의 흔한 인사처럼 우리는 로또 구매 여부를 확인하는 것으로 안부 인사를 대신한다. 서민 한정 일주일짜리 설렘 증폭기, 로또는 우리의 단골 수다 주제다. 로또 1등에 당첨되면 뭘 할지 상상하는 즐거움은 팍팍하고 평범한 날들을 버티게 해 준다. 구체적으로 어떤 부분에 얼마의 비율로 돈을 쓸지 알뜰하게 계획해 놓은 사람도 있을 정도다. 한 친구는 1등에 당첨된다면 절반은 은행에 묶어 두고, 월세가 나오는 건물을 사서 생활비로 쓰고, 가끔 이자로 여행을 가겠다고 했다. 또 다른 친구는 누구에게도 알리지 않고 아무 일 없던 것처럼 회사에 다니다가 스트레스가 한계에 다다르면 상사의 얼굴에 서류 뭉치를 내던지고 퇴사할 거라고 했다. 그 허망한 상사의 얼굴을 보는 게 자기 목표라고 했다. 그간 친구가 얼마나 상사 때문에 시달렸는지 알 수 있는 대목이다.

반면, 난 구체적으로 생각해 본 적이 없다. 숫자에 약하고 귀도 얇아서 투자 같은 건 안 할 거라는 사실은 분명하다. 상상만 해도 웃음이 피식 삐져나오는 로또 1등. 과연 내 인생에 있기나 한 일일까?

언젠가 친구들과 함께 여행을 갔다가 그 지역의 유명한 로또 명당을 지날 때였다. 멀리 온 김에 기운 좀 받아 보자며 가던 길을 멈추고 슬그머니 긴 줄 뒤에 자리를 잡았다. 차례가 오길 기다리며 그간 주워들었던 로또 당첨에 대한 이야기로 수다를 떨었다. 사는 동네의 로또 명당이 배출한 1등 당첨자 수, 1등 당첨자들이 꿨던 희한한 꿈, 1등 당첨자의 최후 같은 도시 전설도 이어졌다. 그러다 우리는 큼직한 물음표에 닿았다.

로또 명당은 어떻게 만들어지는가? 정말 기운이나 터가 좋아서일까? 명당이라는 소문이 나면 더 많은 사람이 거기서 로또를 사니까 더 확률이 높아지는 게 아닐까? 과학과 미신, 그 사이에서 여러 의견이 오갔다.

　처음은 물론 운이 좋아서였을 거다. 우연히 1등 당첨자가 나왔고 소문을 듣고 그 영험한 기운을 받아 보자는 사람들이 몰려들었을 것이다. 많이 팔리면 자연히 1등 당첨자가 나올 확률이 높아진다. 그렇게 당첨 횟수가 늘어나면 '로또 명당'이라는 타이틀이 붙는다. 사람들은 낙첨자의 수는 기억하지 않는다. 그저 당첨된 소수의 결과만을 보고 그 로또 명당에 긴 줄을 선다. 이게 바로 로또 명당이 탄생하는 과정이다.

　로또에 당첨되는 가장 확실한 방법은 뭘까? 바로 로또를 사는 것이다. 로또를 사지 않고 로또 1등에 당첨되는 건 불가능하다. 뭔가를 시도하지도 않고 덩그러니 누워서 감나무에서 뚝 하고 내 입으로 감이 떨어지길 기다리던 시절이 있었다. 공부도 하지 않고 시험 점수가 잘 나오길 바랐고, 운동하지 않고 매끈한 몸매를 갖길 바랐다.

땀으로 샤워를 하고 몸이 떡이 되도록 움직여야만 탄탄한 몸을 가질 수 있다. 엉덩이가 딱딱해지도록 자리를 잡고 앉아 공부에 집중해 파고들어야 점수가 오른다. 그렇게 손가락이 아프게 문을 두드리면 굳게 닫힌 기회의 문이 열린다. 귀찮지만 매주 로또를 사러 가는 수고가 있어야 로또에 당첨될 확률이 높아진다는 당연한 이치를 사람들은 종종 잊는다.

매주 토요일 저녁이면 운명이 갈린다. 숫자가 빼곡하게 적힌 손바닥만 한 종이가 휴지통에 들어갈 쓰레기가 될지, 아니면 당첨금을 받기 위한 서대문 농협 본점의 입장권이 될지 결정된다. 로또 당첨에 실패하면 쓰레기가 된 종잇조각이 남고, 무언가를 실패한 사람에게는 경험이 남는다. A를 시도했는데 원하는 결과를 얻지 못했다면 다음에 A를 시도할 필요가 없어진다. 그 대신 B를 시도할 용기가 생긴다.

아무것도 시도하지 않은 사람은 '안전한 지옥'에 산다. 반면 시도한 사람은 '피곤한 천국'에 산다. 몸은 좀 고되지만 흘린 땀만큼 쌓이는 게 분명 생긴다. 실패와 동시에 다시 시작할 탄탄한 경험을 얻기 때문이다. 그걸 디딤

돌 삼아 다음 단계로 올라가 더 넓은 세상을 보게 된다.

시도, 확률을 높이는 일을 다들 쓸모없다고 생각한다. 로또처럼 대부분 실패로 끝나니까. 실패라고 해서 끝이 아닌데 거기서부터가 진짜 시작이라는 걸 모른다. 시작하지 않고 얻을 수 있는 결과란 없다. 실패가 밑받침되지 않는 성공은 모래성처럼 위태위태하다. 엘리베이터를 타고 올라가면 빠르게 갈 수 있겠지만, 다리에 근육이 생기진 않는다.

언제 어떻게 다시 바닥으로 내동댕이쳐질지 한 치 앞도 모르는 게 우리의 삶이다. 근육이 없으면 다시 일어설 수도, 올라갈 수도 없다. 그래서 자꾸 시도한다. 먹어 보고, 만져 보고, 써 보고, 만나 보고, 해 본다. 이렇게 꾸준한 시도를 통해 확률을 높이는 일을 했다는 증거가 바로 로또 낙첨 종이에 담겨 있다.

매주 잊지 않고 로또를 산다. 일주일에 딱 커피 한 잔 값만 투자한다. 내가 정해 놓은 구매 상한선이다. 마실 거고 꿈자리가 좋았다고, 로또 명당에 갔다고 해서 커피 여러 잔 값의 로또를 사는 사치를 부리진 않는다. 내게 올

행운이라면 딱 커피 한 잔 값의 꾸준한 노력만으로도 온다는 경험이 있기 때문이다. 나란 인간의 재질은 한 방을 노리는 카운터펀치가 아닌 부지런하게 잽을 날려야 먹힌다는 걸 잘 알고 있다. 수없이 잽을 날리다 보면 운과 타이밍, 노력의 삼박자가 어우러지는 공격 적중의 순간이 올 테니까. 잽을 날리듯 매주 조그맣고 귀여운 커피 한 잔 값의 로또를 사며 생각한다.

'그나저나 나 로또 1등에 당첨되면 뭐 하지?'

불면 날아갈까, 쥐면 구겨질까 곱게 접어 지갑에 넣은 후에도 한동안 상상한다. 형형색색 희망 사항들이 줄줄이 소시지처럼 딸려 온다. 어느 하나 선뜻 선택할 수 없지만 답답하거나 고민스럽지는 않다. 당첨되지 않더라도 괜찮다. 구매한 순간부터 당첨자가 발표되는 토요일까지 1등 당첨을 상상하는 즐거움을 줬다는 자체만으로 커피 한 잔 값 이상은 충분히 했으니까. 영원한 낙첨이 아니라 로또 당첨의 꿈은 단지 다음 주로 미뤄진 것뿐이니까.

땅 멀미를
아시나요?

멀미의 쓸모

남태평양 한가운데에 떠 있는 무인도에서 나흘간의 촬영을 마치고 다시 본섬으로 돌아오는 날이었다. 베이스 캠프였던 본섬으로 돌아오기 위해서는 두 시간 넘게 배를 타야 했다.

우리에게 허락된 유일한 이동 수단은 기껏해야 여섯 명이 탈 수 있는 작은 모터보트였다. 망망대해를 가르는 자그마한 배에 꼼짝없이 몸을 싣고 있으면 내리 두 시간 동안 월미도 디스코 팡팡을 탄 것 같은 너덜너덜한 몸 상태가 된다.

처음 무인도로 향할 때는 그 시간이 어떻게 지나갔는지 몰랐다. 파도의 높이나 보트의 속도를 가늠할 수 없어 잔뜩 긴장한 탓이었다. 하지만 돌아올 때는 달랐다. 이미 올 때의 경험도 쌓였고, 정해진 일정을 무사히 마쳤다는 후련함과 쌓여 있던 피로가 한꺼번에 쏟아졌다. 스마트폰은 그저 시계 상태가 되는 태평양 한가운데. 그 위를 가로지르는 손바닥만 한 배에서 내가 할 수 있는 건 오직 잠을 청하는 것뿐이다.

정신없이 잠에 취해 있다 눈을 떠 보니 어느새 저 멀리 본섬이 보였다. 그제야 무사히 문명 세계로 귀환했다는 안도감이 몰려왔다.

사흘 밤낮을 굶고 먹이를 처음 본 강아지처럼 신이 나서 육지를 향해 달려들었다. 보트에서 뛰어내리는 순간, 발이 땅에 닿자마자 휘청이더니 앞으로 고꾸라질 뻔했다. '육지 복귀 기념 흑역사가 이렇게 만들어지는구나' 생각한 그 순간! 슬랩스틱 코미디의 주인공이 될 위기에 처한 나를 현지인 선장님이 겨우 잡아 주셨다. 그 덕분에 꿈에 그리던 문명 세계에 무사히 안착했다. 몸도 마음도 떡이 된 우리를 숙소까지 데려다 줄 차가 있는 곳까지는 겨우 100미터. 하지만 몇 발짝 걷지 못하고 허우적거리다 결국 주저앉아 버렸다.

'어? 내 몸이 왜 이러지? 잠에서 덜 깨서 그런가?'

평생 한 번도 경험하지 못한 어지럼증이었다. 내 발은 분명 땅을 딛고 있는데 머릿속의 뇌와 배 속의 장기들은 여전히 무섭게 일렁이던 남태평양 파도와 동기화된 기분이었다. 머리는 울리고, 속이 울렁거려 한 발짝도 떼기 힘들었다. 달려와 나를 부축해 준 가이드는 '땅 멀미'라고 했다. 고작 두 시간 탔을 뿐인데 그사이 내 몸은 태평양의 파도에 적응해 버려 육지의 단단함을 어색해하고 있었다.

차멀미, 뱃멀미는 들어 봤어도 땅 멀미는 처음이었다. 어릴 때를 빼고 성인이 된 후에는 땅, 물, 하늘을 오가는 여러 이동 수단을 타고 다녔지만, 특별히 멀미라 할 만한 증상을 겪은 적이 없었다. 그래서 더더욱 이 낯설고 불쾌한 기운에서 얼른 탈출하고 싶었다.

숙소로 돌아와 반나절을 쉬었더니 그제야 정신이 좀 들었다. 침대에 뻗은 채 스마트폰을 쥐고 '땅 멀미'에 대해 좀 더 자세히 알아봤다.

[땅 멀미]

배를 오래 타면 배의 흔들림에 몸이 완전히 적응돼
오히려 육지에 내렸을 때 어지럼증, 울렁거림 등이
지속되는 증상

멀미는 감각의 불일치 때문에 나타나는 증상이다. 자동차, 배, 비행기 등을 타고 이동할 때는 근육의 움직임이 없거나 기억과는 다른 움직임이 생긴다. 그때 생긴 감각의 불일치가 멀미를 일으킨다. 차가 발진하거나 멈추는 격한 움직임이 전정 기관_{몸의 운동감각이나 위치 감각을 감지해 뇌에 전달하는 기관}을 강하게 자극한다. 그럴 때 우리 몸은 어지러움이 심해지면서 속이 메스꺼워진다. 고작 두어 시간 사이에 배의 진동과 파도의 움직임에 적응된 몸이 평생 발을 붙이고 살았던 육지에 닿자마자 멀미를 일으키다니… 직접 경험한 인체의 신비가 놀라웠다.

인간의 몸은 이렇게 예민하다. 나는 자고 있었기 때문에 의식을 놓고 있었다. 하지만 내 몸에는 모터의 엔진이 만드는 진동과 소음, 배기가스 냄새 외에도 각종 자극이 차곡차곡 쌓이고 있었다. 원래 내 몸이 기억하는 상태와 다른 움직임과 변화들이 육지에 발이 닿는 순간 땅 멀미로 터져 나왔다.

멀미를 해결하는 가장 좋은 방법은 '시간'이다. 몸이 새로운 변화에 적응할 때까지, 시간을 줘야 한다. 또한 시선은 최대한 멀리 둬야 한다. 바로 코앞의 흔들리는 물체에 시선을 두고 있으면 멀미가 더 심해지기 때문이다. 맑고 신선한 공기를 충분히 마셔야 한다. 그렇게 '진정의 시간'을 보내고 나면 특별한 약을 먹지 않아도 멀미는 잦아든다.

우리는 살아가면서 무수히 많은 멀미를 경험한다. 사람 멀미, 성장 멀미, 상황 멀미, 직장 멀미, 관계 멀미 등등. 별거 아니라고, 신경 안 쓰고 있다고 해도 내 몸에는 각종 자극이 켜켜이 쌓여 간다. 그러다 일정 수준 이상의 자극이 쌓이면 어지러움과 메스꺼움으로 멀미가 터져 나온다.

흔들리는 마음에 집중하고 있다가는 평생 멀미에 시달릴 수밖에 없다. 삶에 멀미가 날 때도 일반적인 멀미 해소법과 비슷한 방법으로 해결할 수 있다. 천천히 변화에 적응하도록 시간을 충분히 줄 것, 그리고 시선을 멀리 둘

것, 마지막으로 신선한 공기를 마실 수 있도록 주변 분위기를 환기시켜야 한다. 나를 감싸고 있는 텁텁한 공기 대신 내 몸과 마음에 새롭고 산뜻한 공기를 채워 줄 필요가 있다. 이런 단순한 노력만으로도 인생의 울렁거림과 구토 증상은 말끔히 사라진다.

인연의 끝

손절의 쓸모

    딱딱딱. 몇 년째 찬바람이 부는 계절이면 즐겨 신던 앵클부츠가 자신을 놔 달라는 신호를 보냈다. 평소였다면 굽을 갈아 생명 연장을 했겠지만 끝이 보였다. 부츠의 얼굴인 앞코는 사포에라도 쓸린 듯 곳곳이 벗겨졌고, 자주 신고 벗어서 부츠 안 뒤꿈치가 닿는 부분 가죽은 너덜너덜했다. 결정적으로 힐이 틀어져 걸을 때마다 딱딱 소리가 났다. 그만 이 부츠를 보내 줘야 할 때가 온 거다.

몇 주 고민하고, 몇 번 구두 가게를 들락거린 끝에 비슷한 디자인의 새 부츠를 장만했다. 오래 걸어도 발이 피곤하지 않을 만큼 높이도 적당했고, 앞코가 투박하지도 날카롭지도 않은 게 딱 마음에 들었다. 직접 발을 넣어 신어 봤을 때 들뜨지도 숨 막히게 조이지도 않았다. 다시는 못 만날 인생 부츠일 줄 알았던 녀석을 보내고도 아쉽지 않을 신발이었다.

새 부츠를 집으로 데리고 와 신발장에 넣기 전, 오래 신던 녀석을 꺼내 대문 앞 쓰레기봉투에 넣었다. 현관으로 들어서며 엄마에게 말했다.

"엄마! 이 부츠 버릴 거니까 절대 다시 꺼내지 마!"

이렇게 일러두지 않으면 엄마는 다시 부츠를 신발장에 원상 복귀시켜 놓는다. 쓰레기봉투를 정리하던 엄마가 말했다.

"아직 신을 만한데 왜 버려? 너한테 잘 어울렸는데."

엄마는 내 선택이 물건 귀한 줄 모르는 요즘 것들의 낭비 정도로 생각한다. 내 기준에는 고쳐서 쓸 만큼 썼는데도 엄마는 여전히 쓸 만하다 여긴다. 직접 신어 보지 않고 겉으로 봐 온 사람은 모른다. 실제로 그 신발이 얼마나 낡았는지, 내 발을 피곤하게 만드는지, 나를 얼마나 불편하게 만드는지.

오래전 끊어진 인연이 그랬다. 순전히 내 잘못, 내 실수로 끝난 인연이 있다. 균열이 생긴 당시만 해도 어떻게든 이어 보려고 노력했다. 하지만 그건 어느 한쪽의 힘만으로 이루어지는 일이 아니다. 서서히 마음의 문은 닫혔고, 각자의 길을 갔다. 시간이 두껍게 쌓여 기억이 희미해져서였을까? 얼마 전 둘 사이를 잘 아는 누군가 말했다.

"다시 만날 생각 없어? 내가 다 안타까워서 그래."

깨진 도자기를 이어 붙이려는 듯 이미 오래전 깨져 버린 사이를 붙여 보려 애쓰고 있었다. 그 마음이 뭔지 잘 알면서도, 내 답은 정해져 있었다.

"음… 아니. 그냥 멀리서 응원할래. 여기서 힘껏!"

누군가를 위해서가 아니라 나를 위한 답이다. 서운함도 아쉬움도 섞여 있지 않다. 내 응원이 상대에게 닿든 말든 상관없다. 우리 사이는 이미 오래전에 깨져 버렸다.

저 멀리 손이 닿지도 않는 곳으로 흘러간 인연을 굳이 되돌려 이어 붙이고 싶진 않았다. 각자의 삶에서 서로가 하나씩 빠진다 해도 아무런 흔적이 남지 않는 사이가 됐으니까. 굳이 애써서 들어간다고 해도 달라질 게 없으니까.

이미 낡을 대로 낡아서 고친다 해도 예전처럼 손이 가지 않을 오래된 부츠처럼 서서히 마음이 가지 않는 관계가 있다. 부츠의 전성기가 지나고, 일주일에 세 번 이상 신던 부츠가 바깥 공기 한 번 맡지 못 하고 봄을 맞는 것처럼. 부츠의 계절이 와도 좀처럼 신발장 밖을 벗어나지 못 하는 신세가 된다. 결국 발에 꼭 맞았던 인생 부츠는 신발장에서 퇴출당한다. 가죽이 벗겨지고 힐이 틀어져 너절해진 부츠처럼 마음이 낡으면 사람과 사람 사이의 온도도 점점 낮아진다. '인연'이란 이름도 결국 '잊힘'이라는 꼬리표를 달고 쓰레기통으로 향한다.

뭐든 때가 있다. 어떻게든 이어 보려 부단히 노력했던 인연. 내 기준에 최선을 다해 두드렸지만, 끝내 그 문은 열리지 않았다. 그래서 미련도 아쉬움도 없다. 그저 그 인연의 때는 이미 지나 버렸다는 걸 인정할 뿐이다. 몸도 마음도 보이지 않을 만큼, 전해지지 않을 만큼 멀어졌지만, 그저 내가 선 이 자리에서 뜨겁게 응원할 뿐이다.

버리는 사람은
줍지 않는다

쓰레기통의 쓸모

나지막한 건물들이 복잡하게 늘어선 연남동 뒷골목. 평일 늦은 오후엔 이곳도 아직 한적하다. 젊은이들이 몰려들기 전 빠르게 치고 빠지자는 큰 그림을 그린 프리랜서 친구들과의 모임이 있었다. 그날따라 일찍감치 약속 장소에 도착한 내 눈앞에 예상치 못한 현실이 펼쳐졌다. 우리의 이른 저녁을 책임질 식당 문이 굳게 닫혀 있었다. 코로나19의 여파로 공지했던 영업시간에 살짝 변동이 있었나 보다. 계획과 다르게 돌아가는 상황을 친구들이 있는 단톡방에 재빨리 공유했다. 곧 도착할 테니 장소를 옮기더라도 같이 움직이자는 답장이 왔다.

뜨거운 태양을 피해 식당 건너편 건물 계단에 앉아 일행을 기다렸다. 이어폰에서 흘러나오는 음악을 흥얼거리며 핸드폰을 뒤적였다. 딱히 흥미를 끄는 게 없었다. 다시 고개를 들어 가게 간판부터 쇼윈도에 붙은 포스터, 담벼락에 아무렇게나 기대고 있는 쓰레기봉투까지 눈앞에 들어오는 글자들을 읽어 내려갔다. 그러다 바쁘게 움직이던 시선이 건물 벽에 붙은 공지 앞에 멈춰 섰다. 천천히 그 내용을 읽고 나니 피식 웃음이 터졌다.

'버리는 사람은 줍지 않는다. 버리지 않는 사람이 줍고 있다.'

비를 맞았는지 쭈글쭈글한 종이가 흐느끼며 울부짖는 것처럼 보였다. 쓰레기를 아무 데나 버리지 말라는 메시지가 절절하게 다가왔다. 번화가 뒷골목에 터를 잡고 사는 사람들의 고단함이 묻어나는 공지였다. 어쩌다 오가는 사람들이 으슥한 곳에 슬쩍 버리는 쓰레기. 치워도 치워도 끝이 나지 않는 쓰레기와의 전쟁에 진절머리를 치다가 저렇게 단호하고 뼈 때리는 공지를 붙인 것이다. 비양심에게 보내는 은근하지만 단호한 메시지였다. 그런데 궁금했다. 과연 버리는 사람은 이 공지를 읽기나 할까?

껌 종이 하나도 함부로 버리지 않는 엄마 손에서 자란 나는 뭐든 아무 곳에나 버리지 못한다. 그러다 보니 세탁기에 넣기 전 옷 주머니를 뒤집거나 가방을 털면 영수증, 휴지, 비닐 같은 쓰레기가 쏟아져 나온다. 이런 성격 때문인지 아무렇지도 않게 쓰레기를 던지고 가는 사람들이 내 눈엔 더 크게 눈에 들어온다. 쓰레기가 모여 있는 곳에라도 버리는 사람을 보면 감사할 지경이다.

유치원 졸업장은 딱지치기로 딴 걸까? 초등학교 졸업장은 쌈이라도 싸 먹은 걸까? 코흘리개 시절에 배웠어야 할 예의와 상식을 잊은 사람들을 종종 만난다. 편의점에서 나오면서 아이스크림 포장이나 담배 비닐을 벗기는 족족 땅바닥에 흘리는 사람, 시뻘건 불이 붙은 담배꽁초를 손가락으로 길에 튕겨 내는 사람, 카페에서 음료를 테이크아웃 해 나오면서 빨대 비닐을 입으로 뜯어 훅 뱉어 바람에 날려 보내는 사람까지… 버리는 사람은 떨어지는 쓰레기에 시선조차 주지 않는다. 그렇게 쓰레기와 함께

양심도 버린 그들에게 왜 쓰레기를 마구 버리냐 지적하면 이렇게 대답한다.

"쓰레기통이 안 보여서요."

난 그들과 다르다고 믿었다. 쓰레기통이 안 보인다고 거리에 함부로 쓰레기를 버리지 않으니 최소한 1그램은 그들보다 더 괜찮은 사람이라고 착각했다. 길에 버리는 게 내키지 않아 가방과 주머니 속에 쑤셔 넣었던 쓰레기들은 어떻게 됐을까? 거리를 쓰레기장으로 만들지 않으려다가 내 가방이, 주머니가 쓰레기통이 됐다. 제때 쓰레기를 치우지 않으면 쓰레기에 파묻히는 건 순간이다. 거리에 쓰레기를 투척하는 양심 없는 사람이나 쓰레기를 품고 사는 나나 크게 다르지 않았다.

비단 쓰레기만의 얘기는 아니다. 말도, 사람도, 마음도 다르지 않다. 버리는 사람은 대개 눈치를 보지도, 신경을 쓰지도 않는다. 생각 없이 내던져 버린 그것들이 어떤 영향을 미칠지 모른다. 버려진 것들이 쌓이면 얼마나 악취를 풍길지, 그걸 치우기 위해 누군가는 얼마나 수고로울지 가늠하지 못 하고 그저 버리면 끝이다.

반면 버리지 않은 사람만 줍는다. 그들이 버린 말, 상처, 마음을 주워 끌어안고 힘들어한다. 버려진 것들을 줍는 사람은 쉽게 버리지 않은 사람들이다. 누군가는 쉽게 훅훅 버린 것들을 주워서 품고 어지러운 머리와 무거운 마음으로 살아간다. 안에서 스멀스멀 썩은 내를 풍기다 결국 자기 자신까지 썩게 만드는지도 모른 채 산다.

정리, 수납 전문가들이 한목소리로 말하는 팁이 있다. 정리의 시작은 바로 '버리기'. 제대로 버렸다면 그 후에는 쓰레기가 될 물건을 다시 들이지 않아야 한다. 예전 습관대로 버려야 할 쓰레기들을 하나둘 주워 담다 보면 다시 쓰레기통이 되는 건 한순간이니까. 쓰레기통이 되고 싶지 않다면 제때, 그리고 제대로 된 곳에 쓰레기를 버리는 습관을 들이는 게 중요하다.

태어날 때부터 쓰레기인 것은 없다. 하지만 쓰임을 다하면 그 마지막은 대부분 쓰레기가 된다. 조금 과장하면 세상 모든 건 결국 쓰레기가 되고 만다는 결론까지 다다른다.

가방을 뒤집어 탈탈 털어 본다. 땀 닦은 휴지, 사탕 껍질, 마다할 수 없어 받은 전단지 등 쓸모없는 쓰레기들을 꺼내 쓰레기통에 넣는다. 마음을 뒤집어 누군가 버리고 간 뼈아픈 말, 케케묵은 상처, 이불킥을 부르는 기억을 꺼내 망각의 쓰레기통에 넣는다. 불필요하게 에너지를 잡아먹던 감정들을 먼지 한 톨 남지 않게 쏟아 버린다. 마음 안과 밖의 쓰레기통을 잘 관리하는 건 내가 숨 쉬는 곳을 쾌적하게 만들고, 내 건강을 챙기는 중요한 일이다. 안에 들일 때는 신중하게, 밖에 버릴 때는 과감하게. 이 말을 되새기며 내 주변을 정돈한다. 내 삶을 살아가야 할 사람은 다른 누구도 아닌 결국 나니까.

하여간
있는 것들은
간절함이 없어

결핍의 쓸모

소위 얼굴 천재라 불리는 사람들의 셀카에는 공통점이 있다. 바로 간절함을 찾을 수 없다는 것. 얼굴 천재는 대충 찍어도 평범한 사람들이 공들여 찍은 것과 비교할 수 없는 수준의 작품이 탄생한다. 날렵한 턱선이 드러나게 목을 비정상적으로 꺾을 필요가 없다. 눈매가 더 또렷해 보이도록 눈에 힘을 주지 않아도 된다. 얼굴 천재는 애초에 턱은 갸름하고, 눈은 크니까 굳이 애쓸 필요가 없다. 결핍 하나 없이 완벽한 그들의 얼굴을 볼 때면 그 생김새가 부러운 게 아니라 간절할 필요가 없는 그 '여유'가 부러웠다.

　그날 난 유독 시간 여유가 없었다. 이때를 놓치면 밤 늦게까지 밥을 먹을 짬이 나지 않을 게 눈에 보였다. 빨리 점심을 해결하기 위해 근처 식당에 들어가 메뉴판을 훑었다. 짧은 고민 끝에 비빔밥을 택했다. 낯선 음식점에 갔을 때 그나마 실패할 확률이 적은 음식이기도 하지만 무엇보다 매력적인 건 속도다. 해 놓은 밥에 준비한 나물만 올리면 완성되는 한국인의 패스트푸드가 바로 비빔밥이기 때문이다.

　예상한 대로 눈 깜짝할 사이, 비빔밥 한 그릇이 내 앞에 놓였다. 그다지 배가 고픈 건 아니었지만 지금이 아니면 언제 밥을 먹을지 기약이 없었다. 그러니 맛을 느끼는 게 아니라 뱃속에 밀어 넣어야 하는 상황. 시뻘건 고추장을 올려 석석 비빈 후 크게 한 수저를 떠서 입에 넣었다. 우걱우걱 씹으니 '그것'의 존재감이 느껴졌다. 오도독 씹히는 식감만으로도 알 수 있다.

　'아! 고사리구나.'

　고기인 듯 고기 아닌 고기 같은 고사리나물을 씹자 쌉

싸래한 특유의 맛이 어금니 사이로 퍼졌다. 고사리를 씹으며 생각했다.

'처음 이 고사리를 먹을 생각을 했던 사람은 누굴까?'

꺾어서 바로 먹을 수 있는 식재료가 아니라는 고사리의 성질이 떠올랐기 때문이다. 사람이 고사리를 먹기 위해서는 독을 제거하는 과정이 꼭 필요하다. 고사리의 독성을 없애기 위해 꺾은 고사리는 물에 삶아 독을 우려내야 한다. 열에 약하고 물에 잘 녹는 고사리의 독성을 지우기 위한 작업이다. 이렇게 고사리 음식은 번거롭고 복잡한 과정을 거쳐야만 식탁에 오를 수 있다.

과연 고사리뿐일까? 산채 정식에 올라오는 이름 모를 나물들이며, 각종 나무뿌리나 갓 올라온 순, 하다못해 복어까지… 대체 이걸 왜 먹기 시작했을지 물음표가 쏟아지는 식재료들이 우리 밥상에는 넘쳐난다. 그럴 때마다 번거로움은 물론 죽음의 위험까지 불사할 정도로 '먹는 데 진심'일 수밖에 없었던 우리 선조들의 상황을 헤아려 본다.

먹거리가 흔치 않던 시절, 헐벗은 산에서 나물을 캐고 나무순을 따서 먹었던 우리 조상들. 심기만 하면 탐스러운 열매가 떨어지고 가축이 살찌는 비옥한 땅이었다면 이렇게 음식이 발달했을까 싶다. 뭐든 부족했던 현실 덕분에 식물의 뿌리부터 껍질, 동물의 내장부터 꼬리까지 몽땅 먹게 됐다. 우리 식탁의 재료 스펙트럼이 다양해진 이유가 '결핍'이라는 사실을 생각하면 웃어야 할지 울어야 할지 모르겠다.

낯선 나라에 가면 새로운 음식을 먹는 즐거움에 푹 빠져 산다. 역사가 짧은 나라, 고난이 적었던 나라, 먹거리가 풍족한 나라에 가면 그 재미는 적어진다. 그런 나라들의 요리는 대부분 커다란 고깃덩이를 굽거나 튀긴 후에 비슷비슷한 소스를 뿌리면 끝이다. 질 좋은 재료가 넘쳐나니 굳이 조리 방법을 고민할 필요도, 번거로운 요리 과정을 거칠 이유도 없는 것이다. 그래서 그 음식들에서는 얼굴 천재들이 막 찍는 셀카처럼 단조롭기만 하고 간절한 맛을 느낄 수 없다. 세상의 모든 것은 필요에 의해 탄생한다. 간절함은 성장과 발전의 시작점이다.

'왜 난 한 번에 얻어지는 게 없을까?'
나만 유독 힘든 길을 간다고 생각했다. 내게 오는 시련이 유난히 혹독하다고만 여겼다. 이런 생각은 시련에 예민하게 반응하는 감각을 만들었다. 쉽게 마음에 폭풍우가 몰아쳤고, 그 폭풍우가 떠나간 자리에는 폐허만 남았다.

시련은 눈치가 빠르다. 시련은 인간의 연약한 부분을 파고들어 무너뜨리기 위해 태어났다. 자기를 두려워하고 무서워하는 사람에게 더 자주 찾아온다. 시련의 고통에 취약한 인간에게 더 찰싹 달라붙는다. 내 인생에서 떼어 놓으려고 발버둥 칠수록 시련은 악착같이 따라왔다.

누구에게나 시련은 찾아온다. 강도와 횟수는 다르겠지만 모두 시련을 겪는다. 그 시련을 어떻게 받아들이느냐에 따라 시련은 고통이 되기도 하고, 원동력이 되기도 한다. 먼 길을 돌고 돌아 그 진리를 깨달았다.

고사리를 씹으며 알게 됐다. 조상들에게 먹거리가 부족했던 시련이 있었기에 지금 난 고사리를 먹고 있다. 사는 것도 마찬가지다. 시련은 간절함을 만들고 간절함은 인생의 다양한 맛을 느끼게 해 준다. 단맛만 좋아했다가는 이가 썩고 당뇨에 걸려 몸이 망가진다. 부족함과 쓴맛도 적절히 섞여야 단맛을 더 잘 느낄 수 있다. 시련도, 간절함도 다 이유가 있다. 조화와 균형을 이룬 건강한 삶을 위해 꼭 필요한 존재들이다. 시련과 간절함이 마냥 맵고

쓰기만 한 게 아니라 내 삶의 은은한 단맛을 올려 주는 존재라고 생각하니 빡빡한 마음에 여유가 한 뼘쯤 생겼다.

각자의 박자

엇박자의 쓸모

1990년대에 초등학교를 다닌 어린이들에게 피아노 학원은 필수였다. 하지만 무슨 일이든 예외는 있게 마련인데 그 예외가 바로 나다. 피아노 학원 문고리 한 번 안 잡아 보고 난 어른이 됐다.

쉬는 시간이면 친구들이 모여 피아노 학원에서 배운 체르니니 바이엘이니 하는 꼬부랑 이름을 들먹이며 멜로디언으로 실력을 뽐냈다. 그때 난 기계처럼 외운 음악 교과서 속 동요의 계이름을 뚱땅거리며 쫓아가기 바빴다.

없는 살림에 사 남매를 키우며 고단한 삶을 이어가는 부모님께 애들 다 가니까 나도 피아노 학원 보내 달라는 말을 꺼낼 염치는 없었다. 여유 없는 집의 아이들은 일찌감치 현실에 눈을 뜬다. 떼쓰는 것보다 단념하는 방법부터 터득한다.

학원 교육 없이도 다른 과목은 그럭저럭 따라갔지만, 음악만은 달랐다. 대부분의 아이들이 이미 기본 개념을 학원에서 배워 왔다고 생각한 탓인지 선생님은 기초를 건너뛰었다. 지레 겁을 먹은 데다가 기초도 없으니 무조건 외운다 해도 한계가 있었다. 음악 과목은 전체 평균 점수를 깎아 먹는 아킬레스건이었다. 새 학기가 시작되면 시간표에서 음악 시간이 몇 번 있나 확인하는 게 일이었다. 음악 시간 횟수를 세어 보면 늘 한숨부터 나왔다.

그날도 어김없이 도망치고 싶은 음악 시간이 시작됐다. 이상한 모양의 음표, 이해할 수 없는 박자, 낯선 음악 용어들이 난무하는 이 시간을 어떻게 버틸까 궁리 중이었다. 키가 작아 맨 앞자리에 앉았기에, 선생님의 관심에서 벗어나기 위해 눈을 바쁘게 피하던 그때! 구원의 목소리가 들렸다. 오늘 수업은 음악 감상이라고 했다. 선생님은 커다란 카세트 플레이어를 교탁 위에 올리더니 클래식 곡을 틀었다.

스피커에서 흘러나오는 음악 소리에 귀를 기울이며 운동장 밖 풍경을 멍하니 바라봤다. 그 나이대 어린이들의 집중력에는 한계가 있다. 수업보다는 장난에 진심이었던 짝꿍은 지우개 똥으로 또 뭘 만들려는지 열심히 지우개를 만지작거리는 중이었고, 다른 친구들도 크게 다르지 않았다. 구석구석에서 떠드는 소리와 음악 소리가 적당히 교실을 채우고 있었다.

그러거나 말거나 난 스피커에서 나오는 소리에 맞춰 창밖에 움직이는 것들에 하나하나 관찰했다. 흘러가는 구름, 바람에 나부끼는 나뭇잎, 곧 있을 운동회를 위해 율동 연습을 하는 저학년 학생들, 교문 밖으로 나가는 우유 배달 트럭, 빗자루로 낙엽을 모으는 수위 아저씨까지. 희한했다. 각자의 박자가 있을 텐데 스피커에서 흘러나오는 음악과 딱 맞았다. 그게 신기해 보고 또 봤다. 선생님이 틀어 준 음악을 배경음 삼아 내가 있는 4층 교실에서 창밖을 살펴보는 재미에 흠뻑 빠졌다.

엉덩이를 들썩이며 집중하지 못하는 친구들과 달리

음악이 다 끝날 때까지 미동도 없이 창밖만 바라보고 있던 내가 선생님 눈에는 기특해 보였나 보다. 음악이 끝나자마자 선생님은 나를 일으켜 집중해서 감상하는 태도가 좋았다고 칭찬을 퍼부었다. 이때부터였을까? 멍 때리기의 기쁨을 알았던 게? 선생님 눈에는 집중하는 것처럼 보였겠지만 사실 난 멍 때리며 창밖의 움직임을 보고 있을 뿐이었다. 난생처음으로 음악 시간에 칭찬을 받았다. 그제야 음악 시간이 재밌어지기 시작했다.

늘 엇박자였다. 기회는 거북이걸음으로 왔다가 토끼걸음으로 사라진다고만 생각했다. 기회가 왔을 때 나는 늘 준비가 덜된 상태였고, 준비가 다 됐다고 생각했을 때 기회는 일찌감치 떠나간 후였다. 엇박자의 저주에 늘 무릎을 꿇었다. 완벽한 때란 없다는 걸 그때는 아직 몰랐다.

돌이켜 보면 엇박자라고 생각했던 나와 기회의 호흡은 나름 조화롭게 흘러가고 있었다. 될 일은 아무리 도망쳐도 내게로 왔고, 안 될 일은 아무리 발버둥 쳐도 내 손을 떠났다. 착 달라붙어 세밀한 현미경처럼 봐야 하는 게 아니라 한 발짝 물러나서 봐야 제대로 보였다.

그 순간은 아귀가 딱 맞지 않는 게 영 거슬리고, 무너질 것 같아 두렵다. 하지만 시간이 쌓이고, 마음의 여유가 생기면 그 틈들이 채워졌다.

운동회용 율동을 익히는 어린이의 박자와 낙엽을 쓸어내리는 수위 아저씨의 빗질 박자는 다르다. 어린이는 마음처럼 움직이지 않는 통나무 같은 몸 때문에 답답할 수 있고, 수위 아저씨는 접착제라도 붙인 듯 바닥에 착 달라붙은 낙엽 때문에 골머리를 썩을 수 있다. 삐걱거리는 몸의 박자와 신경질이 담긴 빗자루의 박자는 다르지만 멀리서 보는 내게는 한가로운 오후 풍경일 뿐이다.

당장 해결 불가능해 보이는 골치 아픈 일도 멀리 보고, 길게 보면 언젠가 해결의 실마리를 찾게 된다. 고장난 시계도 하루에 두 번은 맞는 것처럼, 엇박자 같은 인생도 포기하지 않고 둠칫둠칫 걷다 보면 언젠가 꼭 맞는 박자와 닿을 때가 분명 온다.

2장

도망치고 싶을 땐
나의 쓸모가
필요해

양말이
약이 될 때

양말의 쓸모

오랫동안 만나지 못했던 사람들과 만나 맛있는 음식을 먹고 마시며 즐겁게 얘기를 나누다 웃으며 헤어졌다. 한동안 가라앉아 있던 기분이 이 만남을 계기로 다시 정상 궤도로 올라오나 싶었다. 그러길 바랐다. 하지만 사람들이 내뿜는 에너지와 소음이 가득했던 곳에서 빠져나오니 기분이 다시 푹 꺼졌다. 찜통에 들어앉은 듯 습기와 열기로 푹푹 찌던 여름날, 이마에 달라붙은 볼품없는 앞머리처럼.

집으로 향하던 발걸음을 급히 되돌려 홍대로 향했다.

"축축한 기분을 안고 그대로 집에 갈 순 없지. 그래. 가라앉은 기분을 끌어올릴 그 '약'을 사러 홍대로 가자."

한때는 거의 매주 도장을 찍던 곳. 코로나 시국 이전에도 고깃집과 클럽이 즐비한 홍대 메인 거리 쪽은 아예 발을 들이지 않았다. 과하게 들뜬 분위기가 '설렘'이 아니라 '어색함'으로 다가오기 시작한 후 발길을 끊었다.

얼마 전 웹서핑을 하다 발견한 그 '약'을 파는 곳의 위치를 지도 앱에 즐겨찾기를 해 뒀다. 오랜만에 다시 찾은 보세 옷가게들이 즐비한 골목. 그 길 중간에 특별한 '약'을 파는 곳이 있다.

제법 차가워진 공기에 입고 있던 카디건을 여미며 서둘러 발걸음을 옮겼다. 공기가 차가워졌다는 건 이제 민숭민숭한 맨발이 아닌 양말을 신어야 하는 때가 왔다는 신호다. 드디어 양말의 제철이 온 것이다.

해리포터의 9와 4분의 3 플랫폼까지는 아니어도 방심하면 쉽게 지나칠 위치에 손바닥만 한 양말 가게가 있다.

두 명이 나란히 들어서면 어깨를 구기고 들어갈 만큼 폭이 좁은 가게. 벽엔 형형색색 독특한 디자인의 양말이 빼곡하게 도배되어 있다. 벽과 진열대를 꼼꼼히 스캔했다.

고심 끝에 오늘의 장바구니 안에 들어간 양말은 세 켤레. 노란 은행잎 색 포인트가 들어간 중간 길이의 흰색 스포츠 양말과 가을 밤하늘처럼 반짝이는 은사가 은은하게 들어간 검은색 양말, 포인트로 신기 좋은 쨍한 단풍잎 색깔의 양말까지… 그야말로 가을가을한 양말들이 손에 잡혔다. '아무래도 이번엔 멀리 가을을 만끽하러 떠나는 여행은 무리겠지? 대신 가을색 양말들을 보며 만족해야겠다' 싶어 가을 냄새 가득한 양말들로 골랐다. 이렇게 기분이 자꾸만 아래로 가라앉으면 맨정신일 때는 사지 않을 과감한 컬러와 디자인의 귀여운 양말을 사곤 한다.

신발을 사 모았던 때가 있었다. 신발장이 터져 나가도록 신발을 사들이는 내게 엄마가 말했다.

"딸, 전생에 지네였나 보네. 무슨 신발을 매일 사들여!"

신발장에서 내 신발의 지분이 한계치를 넘어갔다. 사 모았던 신발들 중에는 세상 빛 한 번 제대로 보지 못하고 유행이 지나가 그대로 신발장 지박령이 되어 버린 안타까운 것도 있었다. 내 발은 한 쌍뿐이었고, 손이 가는 신발은 뻔했다. 소화불량 직전인 신발장을 한바탕 정리했다. 그 후 새 신발이 신발장에 입성하는 일은 현저히 줄었다. 대신 신발보다는 합리적인 가격에 부피도 작으면서 비슷한 효과를 내는 양말의 세계에 눈을 떴다.

신발장은 비어 가고 대신 양말 서랍에는 갖가지 색깔과 디자인의 양말이 쌓여 갔다. 양말은 옷이나 화장, 머리 모양처럼 대놓고 '나 힘줬어요'라고 말하지 않는다. 대신 '은은한 멋짐' 혹은 '낡지 않은 센스'를 슬쩍 어필할 수 있다. 그야말로 천 원짜리 몇 장이면 내 손안에 들어오는 딱 '발바닥만 한 행복'이다.

청춘의 에너지가 새어 나오는 젊은이들을 헤치며 걷는다. 이어폰으로 흘러나오는 업 템포 노래의 리듬에 맞춰 귀여운 양말 세 켤레가 든 쇼핑백을 달랑달랑 들고 걸어가는 발걸음이 가볍다. 꼭 소풍을 앞둔 초등학생이 된 기분이다. 분명 오늘과 다르지 않은 컨트롤 C + 컨트롤 V 같은 날들일 테지만… 내일은 이 셋 중 어떤 녀석을 세상에 데뷔시킬지, 어떤 옷과 신발을 매치해야 이 녀석이 더 빛날 수 있을지 머릿속으로 바쁘게 그려 본다. 그렇게 내

일에 대한 기대와 설렘이 차오르니 오늘의 우울함이 말끔히 지워진다. 귀여운 양말 세 켤레로 내 기분은 다시 정상치로 돌아왔다. 내게 '귀여운 양말'만큼 부작용 없이 효과 빠른 약은 없다. 최소한 가을, 겨울 한정으로는 말이다.

완벽한
김밥의 세계

김밥의 쓸모

잠들기 전 생각했다.

'내일 아침 눈을 뜨면 김밥을 싸야지.'

어릴 때 김밥은 특별한 날에나 맛볼 수 있는 음식이었다. 소풍, 운동회, 어린이날, 뷔페처럼 설렘 가득한 날에는 밋밋한 맨밥이 아닌 김밥이 있었다. 그래서 '김밥=즐거운 날 먹는 음식'이라는 공식이 생겨났다. 평범한 일상에 김밥을 하나 끼얹는 것만으로도 설렘 지수가 1%는 올라간다. 하루하루가 축제일 순 없지만, 김밥으로 평범한 날이 즐거워질 순 있다.

100장짜리 김밥용 김을 냉동실에 쟁여 두고 김밥이 먹고 싶을 때마다 싼다. 보통 일주일에 한두 번, 주로 주말 점심이 김밥을 먹기 좋은 타이밍이다. 안에 들어가는 재료는 집에 있는 아무거나 넣는다. 어묵이 있으면 어묵 김밥, 양배추가 있으면 샐러드 김밥, 참치 캔이 있으면 참치 김밥이 된다.

나도 다른 사람들처럼 김밥은 손이 많이 가는 음식이라고 생각했다. 쌀을 불려 밥을 하고, 당근을 채 썰어 볶고, 달걀을 풀어 지단을 부쳐 썰고, 뜨거운 물로 샤워를 시킨 햄을 볶고, 단무지는 건져 생수에 담가 짠 기를 뺀다. 밥에 밑간해 한 김 식혀 김 위에 펼친 후 속 재료들을 올려 돌돌 만다.

김밥 만드는 과정을 글로 풀어 쓰니 몇 줄이면 끝났다. 하지만 여기에는 장보기 같은 재료 준비부터 완성까지 많은 시간과 번거로움, 넘치는 설거지 같은 뒤처리는 빠져 있다. 재료 손질은 몇 시간 걸리는데 먹는 건 순식간인 게 김밥이다. 특히나 질리지 않고 눈에 보이면 끝도 없이 먹게 되는 집 김밥의 마법 때문에 산만큼 쌓아 놔도 금세 사라져 허무할 지경이다. 투자 대비 결과를 따졌을 때, 김밥은 효율성이 떨어지는 메뉴다.

김밥이 손이 많이 가고 번거롭다고 생각하는 건 김밥에 대한 기준이 높아서 생기는 문제였다. 김밥의 기준을 '김+밥' 정도로 한 단계 낮추면 쉬워진다. 김과 밥, 그리고 있는 재료들만 넣어서 김밥을 만들면 그리 번거로운 일이 아니다. 뭣도 모를 때는 전문점에서 파는 김밥처럼 속 재료의 종류를 다채롭게 하는 데 심혈을 기울였지만, 이제는 아니다. 자주 김밥을 싸면서 번거로움은 최소화하고 다양한 맛과 설거짓거리를 적게 만드는 방법들을 연구한다.

SNS에 올려 좋아요를 받을 김밥을 만드는 것도 아니니 내가 보기에 좋으면 된 거다 싶었다. 먼저 속 재료의 개수를 줄이기 시작했다. 이제는 많아야 세 가지. 보통은 단무지와 볶은 당근이 들어가고 나머지 한 가지는 상황에 따라 달라진다. 냉장고 속 상비군들이 컨디션에 따라 출동한다. 노란 달걀, 핑크빛 깡통 햄, 초록색 오이 고추나 깻잎이면 충분하다. 시들어 가는 반찬, 예를 들면 멸치 볶음, 진미채, 김치 볶음이 주연이 될 때도 있다. 그래도 명색이 김밥인데 단무지는 있어야지 싶었던 시절도 있다. 그러나 정작 사 놓은 단무지조차 깜빡하고 안 넣을 때도 있었다. 김밥을 다 썰고 나서야 단무지의 부재를 깨닫고 자른 단무지를 김밥 위에 올려 먹었다. 이렇게 먹어도 김밥은 김밥이다.

엄마의 냉장고 안에는 단무지를 대신할 무장아찌나 총각김치가 항시 대기 중이다. 그러니 있는 걸 쓰면 된다. 굳이 단무지를 사러 마트 가는 수고를 들이지 않아도 된다는 말이다. 순서가 바뀌고, 모양이 엉망진창이어도 입에 들어가면 김밥 맛이 나고, 뱃속에는 포만감이 남는다.

완벽한 김밥을 위해 옆구리 터지도록 속 재료를 쑤셔 넣던 날들은 지났다. 내게 김밥은 김에 싼 밥이면 충분했다. 김밥에 관한 내 기준이 생기면서 밥만 준비됐다면 재료 준비부터 말기, 설거지까지 30분 안에 끝내는 김밥 마스터가 됐다.

색의 조화, 맛의 밸런스, 한입에 들어가는 크기 등등 완벽한 김밥 같은 삶을 꿈꾸던 날들이 있었다. 남들에게 보이기 좋은 김밥을 만들기 위해서는 수없이 손이 닿는 수고로움이 필요하다. 마찬가지로 부족함 없어 보이는 삶을 위해서는 큰 노력이 필요하다. 미래의 더 나은 나를 위해 다그치며 이삼십 대를 보냈다. 하지만 애초에 완벽이란 내가 도달할 수 없는 위치에 있는 것이었다. 아무리 발버둥 쳐 봤자 남들이 세운 기준에 나는 늘 모자라고, 부족한 인간이었다.

김밥의 기준을 김으로 싼 밥으로 넓게 잡아 놓으면 재료가 무엇이든 김밥이 될 수 있다. 김밥이 안겨 준 깨달음 덕분에 일상에서도 기준을 넓게 잡는다. 기준이 촘촘하면 완성도 높은 결과물을 낼 수 있겠지만 때로는 그 기준이 내 발목을 잡기도 한다는 걸 알았다. 좋은 사람의 기준, 행복한 삶의 기준, 바람직한 어른의 기준 등등 '꼭 이래야 해'가 아니라 '이만하면 됐지 뭐' 정도면 충분했다.

기준을 낮추는 건 포기하는 게 아니라 만족도를 높이는 일이다. 결말은 아무도 모른다. 치즈 김밥을 만들기 위해 시작했지만, 그날 냉장고의 사정에 따라 나물 김밥을 먹게 되는 것처럼. 속 재료는 바뀌었을지 몰라도 어쨌든 김밥을 먹겠다는 목표는 달성했다. 치즈 김밥을 먹지 못

했다고 실패한 게 아니라 나물 김밥이라는 경험치가 쌓였다. 안에 뭐가 들어갔건 김밥이 준 그 포만감과 만족감을 기억하는 게 중요하다.

말하는 대로

혼잣말의 쓸모

지금은 부모님 집에 얹혀사는 캥거루 신세지만, 일 때문에 몇 개월씩 바다 건너 섬의 작은 집이나 타국의 호텔에서 기간 한정 1인 가구로 산 적이 있다.

혼자 살면 많은 게 변한다. 가족들과 복닥이며 살 때라면 게으름을 부렸을 일도 혼자 살면 부지런을 떨게 된다. 함께 사는 집에서는 싱크대 가득한 설거짓감이나 넘치는 빨래 더미, 꽉 찬 쓰레기통을 보며 가사노동 거리가 쌓여 있어도 바쁘다는 핑계를 대며 슬쩍 눈감고 넘어갈 때도 있다. 내가 하지 않더라도 그 꼴을 못 보는 누군가가 할 테니까. 하지만 혼자 살 때는 그 모든 것을 내가 책임져야 한다. 오늘의 내가 하지 않으면 내일의 내가 할 수밖에 없다. 부지런한 살림 요정이 되는 건 기본! 혼잣말 요정도 된다. 집에는 나 혼자라 들을 사람이 없는데도 주절주절 혼잣말을 한다.

"(서랍을 열며) 가만히 있어 보자. 양말이 어디 있더라?"
"(냉장고를 열며) 오늘 저녁은 무얼 먹을까나?"
"(고무장갑을 끼며) 설거지하고 아이스크림 먹을 사람? 저요! 저요!"

흥의 민족답게 뮤지컬 배우처럼 멜로디를 붙여 말하거나 혼자 묻고 혼자 답하는 1인극의 주인공이 되기도 한다. 잠시 정신이 들어 끝나지 않는 대화를 하는 내 모습을 발견할 때면 현실을 자각하게 되는 때가 온다. 그 순간은 겸연쩍지만, 그렇다고 혼잣말을 멈출 수 없다. 왜냐? 나도 DNA에 혼잣말 유전자가 새겨져 있는 한국인이니까.

외국인들이 신기해하는 한국인의 독특한 습관 중 하나가 바로 '혼잣말'이다. 외국인들은 머릿속으로만 하는 말을 한국인들은 실제로 입으로 내뱉어 놀란다고 한다. 그 누구도 듣지 않는 말을 하고, 혼자 질문하고 혼자 답하는 한국인의 모습을 보며 '혹시 이 친구 정신에 이상이 생긴 건 아닌가?' 걱정할 정도라고 한다.

내 속마음을 누가 알까 꼭꼭 숨기며 살았다. 감히 입 밖으로 꺼내는 일은 상상도 못 했다. '아직 설익은 생각들을 말했다가 허무맹랑하다 욕하면 어쩌지?', '그게 가당키나 하냐고 비웃으면 어쩌지?', '그건 틀린 거라고 비난하면 어쩌지?' 걱정의 이자가 덕지덕지 붙었다. 그래서 뭔가를 내뱉고 실행하기 전, 머릿속은 전쟁터가 된다. 별것 아닌 작은 고민도 머릿속에서 이리저리 굴리다 보면 눈덩이처럼 금세 덩치를 불렸다. 고민의 크기와 무게에 짓눌려 허우적거리기 여러 번. 수용 가능 범위를 벗어나 무럭무럭 자라난 고민들은 나를 갉아먹었다.

해결 방법을 찾기 위해 책을 뒤졌다. 심리학 관련 책에서 '혼잣말의 힘'이란 힌트를 얻었다. 혼잣말은 일종의 자기 암시법으로 머릿속으로만 생각했을 때보다 입 밖으로 내뱉었을 때 훨씬 큰 힘을 발휘한다고 했다.

전문가들의 조언을 믿고 머릿속 생각을 말로 내뱉기 시작했다. '하고 싶다' 말고 '할 수 있다'라고. '내가 할 수 있을까?' 말고 '내가 하고 만다'로. 머릿속에 있는 생각들이 작은 파도에도 휩쓸려 사라지는 모래성이었다면 머리에서 꺼내 말이 된 생각은 잔잔한 파도 정도는 꿋꿋하게 버틸 힘을 가지고 있었다.

연약한 생각은 혼잣말이 되는 순간 거친 비바람에도 흔들림 없는 콘크리트 보호막이 만들었다. 그래서 남들이 이상하게 생각해도, 내가 좀 미친 거 아닌가 싶은 생각이 밀려와도 나를 향한 주문 걸기, 혼잣말을 멈출 수가 없다.

답답한 가슴을 움켜쥐고 살았던 지난봄, 이대로 있다가는 뻥하고 터질 거 같아 두 친구를 꼬드겨 훌쩍 여행을 떠났다. 목적지는 한적한 동쪽 바닷가였다. 꼼꼼히 계획하고 떠난 여행이 아니었기에 맛집이나 관광지에 연연하지 않았다. 그냥 꽉 막힌 머리와 코에 살랑이는 봄바람을 넣어 주는 것만으로도 충분했다. 숙소에 짐만 던져두고 나와 슬렁슬렁 걸어 근처 사찰에 가 보기로 했다. 복잡한 도시를 떠나 한적한 산사에서 꽃망울을 터트린 산수유꽃을 보고, 수다스럽게 지저귀는 새소리를 들으며 차를 마셨다.

한결 차분해진 마음을 안고 돌아가는 길, 조용한 산사와 어울리지 않는 풍경이 펼쳐졌다. 스포츠 경기장이나 콘서트장에서나 보던 파도타기 응원이 한창이었다. 사찰을 방문한 사람들을 위한 소원 쓰기 코너였다. 층층이 줄에 매달린 수많은 천들은 응원단처럼 한몸이 되어 바람결에 맞춰 이리저리 나부끼고 있었다. 딱히 종교는 없지만, 또 이런 걸 그냥 지나치는 성격은 아니다. 가까이 다가가 다른 사람들이 적은 소원을 천천히 살펴봤다. 가족 건강, 시험 합격, 로또 당첨, 취업 성공, 다이어트, 사업 대박, 코로나19 박멸… 나도 한 자리를 차지하고 또박또박 소원을 적어 내려갔다.

'말하는 대로'

어느 노래의 가사처럼 뭐든 말하는 대로 이뤄지길 바라는 마음을 담은 소원이었다. 속으로 삭이는 말 말고, 밖으로 내뱉는 혼잣말을 하는 데 좀 더 당당해질 이유를 만들었다. 연약한 마음속 생각은 혼잣말이 되어 세상 밖 공기를 맡게 되면 힘이 더 세진다. 혼잣말이 자라 누군가의 귀에 흘러 들어가서 '다짐의 말'이 되면 슈퍼 파워가 생긴다. 이게 바로 떠벌림 효과Profess effect다. 자신이 이루고자 하는 목표를 공개적으로 알려서 주위 사람들의 지원을 받아 목표를 달성하도록 하는 심리 효과를 뜻한다. 새해에 이루고 싶은 목표로 다이어트나 금연을 결심했다면 주변 사람들에게 그 다짐을 알리라는 이유가 바로 이 심리 효과 때문이다.

우물쭈물이라는 존재가 마음의 문을 똑똑 두드리면 펜의 잉크가 잘 나오지 않아 일부러 꾹꾹 눌러써야만 했던 그 글자들을 떠올려 본다. 다 쓰고도 흐릿한 글씨가 마음에 들지 않아 더 선명하게 만들기 위해 색칠 공부하듯 매직펜을 진하게 반복해 칠했던 '그 말'. 마음에 의심이 차오르고, 확신이 희미해져 갈 때면 주문을 외듯 읊조린다. 말하는 대로. 믿는 만큼 이루어지고, 내뱉는 만큼 현실이 된다.

매일 쓰는 건
더 좋아야 해

뚱뚱이 칫솔의 쓸모

여행을 갈 때면 평소에는 잠잠하던 물욕이 폭발한다. 여행의 즐거움을 막 알아 가던 때에는 남들처럼 쇼핑을 했다. 그곳에서만 살 수 있는 지역 특산물이나, 한국에서 사면 가격 차이가 큰 물건들을 캐리어 가득 채워 오는 게 즐거움이었다. 하지만 여행의 흥에 취해 사 온 물건들이 먼지를 뒤집어쓰다가 결국 쓰레기통으로 향하는 경험을 한 후 더는 그런 물건을 데리고 오지 않는다. 아무리 유명하다고 해도 평소 내가 쓰지 않는 물건에는 손이 가지 않게 마련이다. 대신 일상 속에서 자주 쓰는 물건들을 산다. 대표적인 아이템이 바로 '칫솔'이다.

하루에도 몇 번씩 사용하는 칫솔이지만 운명의 칫솔을 만나는 건 쉬운 일이 아니다. 잇몸이 약해서 거친 칫솔을 쓰면 피가 난다. 그래서 부드럽고 섬세한 모를 가진 칫솔이 필요하다. 또 칫솔질이 귀찮으니 몇 번 움직이지 않아도 치아에 닿는 면적이 많은 칫솔 머리 부분이 뚱뚱한 칫솔이 필요하다. 보통 마트에서 다발로 파는 칫솔은 거칠고 투박했다. 반대로 모가 가는 칫솔을 골라도 금세 망가졌다. 완벽한 칫솔을 찾아 방황하던 나의 여정은 의외의 곳에서 답을 찾았다.

우리나라보다 땅덩이가 크고, 인구가 많고, 다양한 인종이 사는 곳에 가면 세상에 이렇게 다양한 종류가 있을까? 놀랄 만큼 세분된 물건들을 만난다. 칫솔만 해도 마트 한 벽면을 다 채울 만큼 종류가 많았다. 치아의 특성이나 필요한 효능에 따라 개수를 다 셀 수 없을 만큼 많은 칫솔이 존재한다는 걸 낯선 땅에서 알게 됐다. 도배한 듯 빽빽하게 채워진 칫솔들을 하나씩 훑어보다 띠링 하고

귀에 종소리가 들렸다. 칫솔 머리는 물론 칫솔모의 탄력
과 굵기까지 내가 꿈꾸던 이상형급 칫솔을 그곳에서 처
음 만났다. 가는 금발 칫솔모에 머리도 뚱뚱한 빨간색 가
분수 칫솔이 내 품에 들어왔다.

그날 밤 숙소로 돌아와 바로 뚱뚱이 칫솔을 개시했다.
포장을 뜯어 물로 한 번 헹군 후 칫솔에 손톱만큼 치약을
짜서 입에 넣었다. 칫솔이 치아에 닿는 순간 느껴졌다.
'아! 넌 내가 그토록 찾던 운명의 칫솔이구나.'

그 이후 여행을 하다 똑같은 제품을 보면 보이는 대로
장바구니에 담는다. 캐리어 한 편을 가득 채운 칫솔을 보
면 한동안 칫솔 걱정은 안 하겠다 싶어 그제야 마음이 놓
인다. 든든하게 채워 두었던 칫솔마저 다 쓰고 나서는 다
시 칫솔 원정을 떠나야 하느냐 묻는다면 그렇지 않다. 다
행히 현지에 가지 않아도 최대한 비슷한 제품을 한국에서
찾아냈다. 그전까지는 눈에 보이지 않았는데 뚱뚱이 칫솔
의 세계를 알게 되니까 그제야 비슷한 칫솔이 보였다.

숱이 풍성한 뚱뚱이 칫솔로 양치질을 할 때마다 즐겁

다. 풍성하고 부드러운 칫솔모가 치아와 잇몸에 닿을 때마다 여행지에서 칫솔을 고르던 순간을 떠올린다. 그날 그곳에 가서 그 칫솔을 고른 나의 안목을 칭찬한다. 뚱뚱이 칫솔이 있어 언제나 괴롭고 지루하던 양치 시간이 기다려진다. 뚱뚱이 칫솔의 활약 덕분에 가뿐한 마음으로 하루를 시작하고 개운한 마음으로 잠자리에 든다.

남들에게 보이는 게 중요하던 시절이 있었다. 집에서는 로드샵 화장품을 써도 밖에 들고 다니는 화장품 파우치에는 명품 로고가 박힌 화장품들을 채워 넣고 다녔다. 지금이야 명품 화장품이 성분까지 명품이 아니란 걸 알지만 당시만 해도 비싼 명품이니 뭐라도 더 좋겠지 싶었다. 막연히 뭐라도 좋을 것 같은 그 로고가 중요했다. 난 이런 취향을 가지고 있고, 이 정도는 살 수 있는 경제력이 있다는 걸 은근하게 어필하겠다는 얄팍한 계산까지 파우치에 채워 넣었다.

그때의 나는 남들이 사용하는 브랜드에서 그 사람의 취향과 경제력을 가늠했다. 그러니 그 사람들처럼 보이는 게 필요했다. 앞서갈 욕심은 없었지만, 주류에서 멀어지거나 밀려나는 건 불안했다. 그래서 대세에 따르기 위해 돈과 시간을 썼다.

　나이를 먹을수록 삶의 무게 중심을 바깥에서 안으로 들이게 된다. 늘 바깥을 향해 있던 시선을 안으로 들이면서 많은 게 바뀌었다. 어쩌다 남들에게 보이는 순간을 위해서가 아니라 매일 나를 기쁘고 행복하게 하는 게 뭔지 하루하루 알아간다. 잠깐 메는 가방을 고를 때보다 하루의 3분의 1 가까이 몸을 눕히는 침구, 종일 붙잡고 있는 마우스를 고를 때 더 심혈을 기울이는 이유다. 무조건 고가의 브랜드가 아니라 내 몸에 맞는 게 중요했다. 100명에게 효과가 좋은 약도 나에게는 부작용이 날 수도 있으니까. 나에게 맞는 건 나만 알 수 있다.

　그래서 매일 쓰는 물건은 더 좋아야 한다. 어쩌다 쓰는 물건은 불편해도 참을 수 있지만 매일 쓰는 건 그래서는 안 된다. 아무리 작은 불편이라 해도 쓸 때마다 걸리적거림을 느끼는 것만큼 피곤한 일이 없기 때문이다. 순간의 좋은 향보다 두피와 모발을 튼튼하게 만드는 샴푸를 고르고, 목이 편안해지는 베개를 택한다. 쥐었을 때 편안하고 부드럽게 써지는 펜을 까다롭게 골라내고, 내 눈높이에 딱 맞는 노트북 거치대를 선택한다.

더 나은 내일 말고 좋은 매일이 중요하니까. 만족스러운 오늘이 없으면 그 어떤 내일이 온다 해도 반갑지 않을 테니까.

숱이 풍성한 뚱뚱이 칫솔로 양치질을 할 때마다 즐겁다.

뚱뚱이 칫솔의 활약 덕분에 가뿐한 마음으로

하루를 시작하고 개운한 마음으로 잠자리에 든다.

더 나은 내일 말고 좋은 매일이 중요하니까.

만족스러운 오늘이 없으면 그 어떤

내일이 온다 해도 반갑지 않을 테니까.

누군가에게는 고물, 다른 누군가에게는 보물

다꾸 스티커의 쓸모

누군가의 얼굴을 생각하면 종종 한 단어가 떠오를 때가 있다. '사랑스러움'이라는 단어가 사람으로 태어나면 이 친구가 아닐까 싶은 존재가 있다. 겉모습은 물론 마음 씀씀이 모두 구김 없이 귀여운 후배 B가 바로 그런 사람이다.

프로젝트가 끝난 지 한참 지났는데도 수년째 선배들을 살뜰히 챙겨서 모임을 주도하는 야무지고 바지런한 막내 B. 트렌디한 그 친구 덕분에 우리는 '요즘 것들'의

힙플레이스도 가 보고, 요즘 뜨는 먹거리가 뭔지 '아는 사람'이 됐다. 그뿐만 아니라 각 선배별 건강 상태와 특성에 맞는 비타민이 뭔지까지 추천해 주는 아는 것도 많고, 정도 많은 후배다.

우리는 늘 B에게 물었다. 대체 왜 우리랑 놀아 주냐고. 모셔야 하는 우리 말고 또래들이랑 노는 게 더 재밌지 않냐고. 그럴 때마다 B는 활짝 웃으며 '그냥 선배들이 좋다'는 말로 우리의 말문을 막히게 했다. 그래서일까? B의 결혼식에서 우리는 집안의 막냇동생을 시집보내는 언니, 오빠들처럼 단체로 몰래 눈물을 훔쳤다.

얼마 후 B의 신혼집 집들이에 초대받았다. 서울 외곽의 오래된 아파트 단지에 신혼집을 꾸린 B. 양가 가족들을 제외하고 제일 먼저 우리를 집들이에 초대했다. 긴 전철 여행 끝에 현관문을 열고 들어서니 깜짝 놀랄 풍경이 펼쳐졌다. 순식간에 다른 차원으로 이동이라도 한 듯 외관과는 전혀 다른 분위기가 우리를 맞이했다. 아담한 신축 호텔에 온 듯 그레이 톤의 차분하고 깔끔하게 리모델링한 공간이 펼쳐졌다. 집안 곳곳에서 그간 B가 흘린 피, 땀, 눈물의 흔적이 느껴졌다.

본격 식사 전, 집을 구경시켜 주겠다며 우리를 안내했던 B. 집 안 구석구석을 돌며 10년 차 프로 도슨트처럼 차분하게 설명을 이어갔다. 1층이라 지나가는 사람들의 시선을 차단하는 데 힘쓴 베란다, 요즘 트렌드에 맞게 건식으로 꾸민 욕실, 아늑한 카페 스타일의 주방, 의류 매장처럼 옷이 색깔별로 정리된 드레스룸, 신혼의 달콤함이 그대로 드러나는 화이트 톤의 로맨틱한 침실, 그리고 마지막 서재에 들어섰을 때 B의 눈빛이 달라졌다. 긴장한 탓인지 그 전까지만 해도 녹음된 음성을 재생하는 로봇 느낌이었다. 그런데 이번에는 자신만이 아는 산삼 군락을 몰래 가르쳐 주는 심마니 같았다. B는 조심조심 말하고 있었지만, 입가에는 주체 못 하는 기쁨의 미소가 흘러넘치고 있었다. 눈을 반짝이며 조심스레 컴퓨터가 놓인 책상 서랍을 열기 전, B가 말했다.

　"여기가 오늘의 하이라이트예요."

　그곳에는 전혀 예상치 못한 물건이 우리를 기다리고 있었다. 서랍 속 물건을 확인한 평균 나이 40대 초중반의 남녀 넷은 일제히 동공이 흔들렸다. 내심 결혼하면서 받은 귀한 보물은 아닐까 기대했다. 그런데! 그 안에는 하루에 한 개씩 붙여도 평생 다 못 쓸 엄청난 양의 스티커가 가득했다. 일명 '다꾸'라 불리는 다이어리 꾸미기용 아기자기한 스티커들이었다. 초등학생 조카가 가진 스티커의 100배는 넘을 양이었다.

'엥? 다꾸 스티커가 왜 거기서 나와?'

B의 얼굴에서는 겨울잠을 앞두고 저장고 가득 도토리를 모아 둔 다람쥐의 뿌듯한 표정이 겹쳐 보였다. 승천하는 광대를 주체 못 하는 얼굴에서 B의 한도 초과 설렘이 느껴졌다. 꿀과 깨가 넘쳐흐를 신혼집에서 알록달록한 스티커 뭉치를 만나게 될 줄은 상상도 못 했다. 바로 직전까지 애피타이저 삼아 혼수며 재산 상속, 이 동네 집값이 어떻고, 재개발되면 프리미엄이 얼마고, 대출이며, 세금이며 돈에 관한 얘기들을 수다 떨던 우리였다. B의 스티커 컬렉션은 '때밀이 수건'처럼 느껴졌다. 속세에 찌든 선배들의 때를 벗겨내듯 스티커 뭉치를 마주한 순간 얼굴이 빨갛게 달아오르다 못해 따끔거렸다.

B가 '다꾸 스티커'에 애착이 생긴 이유는 간단했다. 결혼 전까지 내내 부모님과 함께 살았던 B. 애도 아니고

쓸데없는 데 돈 쓴다는 부모님의 성화에 밀수범처럼 눈치를 보며 몰래몰래 스티커를 사 모았다고 했다. 부모님의 기대를 한 번도 져 버린 적 없는 바른생활 B. 결혼이라는 합법적 독립을 통해 신혼집에서 비로소 자신만의 스티커 컬렉션을 완성하게 된 거다.

내가 번 돈으로 마음껏 내 취향의 스티커를 사 모으는 즐거움. 유일한 동거인 남편도 B의 취미를 존중하고 응원해 줬기에 B만의 스티커 천국이 탄생하게 됐다. 물방울 다이아몬드를 다루듯 스티커를 챙기는 B의 모습이 귀여워 가슴 한쪽이 간질간질했다. 곁에서 B를 지켜보던 새신랑의 눈에서는 꿀이 뚝뚝 떨어졌다.

사람들은 저마다 남들은 절대 이해하지 못하는 자신만의 독특한 취향이 있다. 동시에 세상 똑똑하고 이성적인 사람이라도 효율이나 합리성을 잊고 지갑이 자동으로 열리는 물건들이 있다. B에게 다꾸 스티커가 있고, 일생을 아이돌 덕질을 해 온 R에게는 오피셜 굿즈가 있다. 숨쉬듯 비행기를 타는 K에게는 세계 각국의 언어로 된《어린 왕자》책이 있고, 나에게는 한 잔의 아이스 아메리카노가 있다. 모르는 사람들이 보면 다 똑같아 보여도 당사자만 아는 미세한 차이가 있다. 그 차이의 감동이 있기 때문에 100개가 있어도 한 개를 더 사기 위해 카드를 긁게 된다.

이렇게 각자 계산기를 두드려 이익과 손해를 숫자로 따질 수 없는 기쁨을 안겨 주는 존재가 있다. 그게 있어야 무너지지 않고 버틸 수 있다. B의 스티커 컬렉션처럼 보기만 해도 웃음이 나고 존재만으로 힘을 주는 물건들이 있어야 살 수 있다. 아침저녁으로 눈을 뜨고 눈을 감는 방 한구석, 매일 여닫는 서랍 안, 손에서 떨어지지 않는 핸드폰 사진 폴더처럼 각자의 공간을 미술관 삼아 진열해 놓고 수시로 들여다봐야 한다.

사랑, 자비, 배려는 탄수화물에서 나오고 삶의 만족 감은 작고 사소한 취향에서 나온다. 컬렉션이 없어도 괜찮다. 로또 당첨이나 세계 일주처럼 막연하고 먼 행복을 좇느라 매일 불행을 곱씹으며 인생을 낭비할 필요는 없다. 대신 라면 속 쌍 다시마 당첨이나 다이소 순례처럼 손에 닿는 사소한 즐거움들을 향한 촉을 바짝 세우고 살아야 한다.

생각만 해도 웃음이 실실 새어 나오고, 존재만으로도 한시바삐 집으로 돌아가고 싶은 게 뭔지 생각해 보자. 남들이 보기에는 하찮고 보잘것없는 것들이겠지만 그것들이야말로 결정적인 순간에 쓰러진 당신을 일으켜 줄 것이다.

쌉쌀한
어른의 맛,
아이스 아메리카노

아이스 아메리카노의 쓸모

"갓 내린 아이스 아메리카노 한 모금 마시면 소원이 없겠다."

아프리카 외딴섬에서 물과 응급환자를 옮기는 수송선을 만드는 프로젝트를 할 때였다. 숙소는 섬 가운데 마을 공터에 친 텐트였고, 배가 만들어지고 있는 곳은 섬 끝에 있는 선착장이었다. 출퇴근하듯 해가 뜨면 왕복 40분의 모랫길을 오가며 배를 만들었다. 중간에 점심을 먹기 위해선 다시 숙소가 있는 베이스캠프로 돌아와야 하니 하루에 네 번 총 80분은 정수리에 햇빛이 내리꽂는 길을 걸었다. 그때 우리가 할 수 있는 건 많지 않았다. 한국에 돌아가면 하고 싶은 일을 꼽아 보거나, 지금 먹고 싶은 음식 배틀을 벌이는 것으로 지루한 출퇴근 시간을 견뎠다.

누군가는 머리가 띵해질 만큼 시원한 냉면이 먹고 싶다고 했고, 두툼한 목살이 듬뿍 들어간 칼칼한 김치찌개를 꼽은 사람도 있었다. 뒷골이 당길 만큼 시원한 맥주와 함께 먹는 바삭한 치킨을 부르짖었을 때 모두 아우성을 쳤다. 역시 아는 맛이 무서웠다.

하지만 그 순간 나는 고개만 끄덕일 뿐 머릿속에는 온통 아이스 아메리카노 생각뿐이었다. 얼음이 가득 들어간 갓 내린 아이스 아메리카노 한 잔, 그러면 더 바랄 게 없었다. 그때 내가 밟고 있는 땅은 아프리카 대륙을 대표하는 커피 생산국이었지만 아이스 아메리카노는 없었다. 세계 곳곳을 다녀 봐도 얼음을 넘치게 담아 주는 아이스 아메리카노는 한국 카페밖에 없다.

그때의 갈증 때문일까? 한국으로 돌아와 오지의 날들은 희미해져도 내 답은 한결같다.

"선배는 오늘도 아아죠?"

식사 후 팀원들의 커피 주문을 받던 후배가 말했다. 정해진 답을 확인하는 뉘앙스였다. 아니라고 말할 수도 있겠지만, 아닐 리가 없다.

식사 후 아이스 아메리카노는 오래된 습관이다. 우유가 들어간 라테는 텁텁하고, 캐러멜 마키아또는 과하다. 초코 맛이 들어간 음료는 먹으면 머리가 아파 카페모카는 생각해 본 적이 없다. 깔끔하고 가볍고 싸고 빠르다. 내가 아이스 아메리카노를 좋아하는 이유다. 하루에도 한두 잔을 먹으니 1.5잔으로 셈해도 1년이면 500잔 넘게 먹는다는 계산이 나온다. 사실 하루에 한 잔에서 끝내는 날보다 두 잔 넘게 먹는 날이 더 많지만 일단, 그렇다고 치자. 사람답게 살려면 커피부터 끊으라고 말하는 의사 선생님들이 본다면 이 대목에서 뒷목을 잡을 테니 1년에 500잔 정도 먹는 사람으로 정리하자.

처음 커피를 입에 댄 건 초등학교 저학년 무렵이었다. 집에 손님이 오셨고, 대접을 위해 엄마는 키피를 탔다. 커피 둘, 프림 둘, 설탕 셋. 커피 믹스도 흔하지 않던 시절에는 이렇게 각 비율에 맞게 커피를 타는 게 일상이었다. 무슨 일인지 손님은 커피를 드시지 않았고 그대로 커피를 남긴 채 이야기를 끝냈다. 손님 배웅을 위해 엄마가 일어나셨다. 어른들이 사라지면 어린이 세상이 펼쳐진다. 어디서 그런 용기가 났던 걸까? 소심하지만 호기심 많은 어린이는 어른이 먹는 그 까만 음료가 궁금했다. 어른들은 애들이 먹으면 큰일 난다고, 머리 나빠진다고, 공부 못한다고 커피 근처에도 못 가게 했던 그 음료. 하지 말라고 하면 더 하고 싶은 게 그 시절 어린이들의 심리다. 커피에 손끝을 톡 찍었다 꺼내 입에 넣었다. 손끝에 딸려 온 커피 몇 방울이 혀에 닿았다. 쌉싸래하고 달달한 맛이 느껴졌다.

'아! 이게 어른의 맛이구나.'

그날 이후 호기심 많은 어린이의 가슴속에는 어른이 되면 커피부터 마셔야겠다는 다짐이 채워졌다.

이 다짐은 어른이 되기도 전에 일찌감치 현실이 됐다. 고3이라는 신분의 특수성을 방패 삼아 커피를 마시기 시작했다. 성인이 된 후에는 더 당당히 커피를 마셨다. 대학에 들어가서는 자판기 커피를, 사회인이 돼서는 커피 전문점에서 커피를 테이크아웃 해 물처럼 마시며 노동을 이어갔다. 쉬는 날이면 핫하다는 카페에 가서 커피를 마시는 게 삶의 큰 즐거움이다. 누군가에게는 그저 커피 콩을 볶아 우린 시커먼 액체일 뿐인 커피가 왜 내 삶에 이토록 많은 지분을 차지하는 걸까?

커피 안에 든 카페인의 각성 효과 때문에 커피를 마시는 사람들이 많다. 하지만 안타깝게도 내 몸은 카페인에 그다지 큰 영향을 받지 않는다. 정신을 깨우는 건 커피의 카페인이 아니라 얼음이다. 얼음물만 마셔도 비슷한 효과를 낸다. 그런데도 아이스 아메리카노를 사랑하는 이유는 단순하다. 바로 '가성비 좋은 한 잔의 행복'이 담겨 있기 때문이다.

아침에 마시는 커피는 뇌를 깨우는 일종의 노크다. 커피가 들어갔으니 이제 일개미 모드로 변신하라고 신호를 보내는 거다. 노동요를 틀고, 커피를 마시면서 메일함을 열어 보고, 간밤에 올라온 뉴스를 훑는 시간은 내게 오늘도 무사히 보통의 하루가 시작된다는 의미다. 점심 식사 후 마시는 커피는 텁텁한 입안과 오후의 나른함을 동시에 지워 준다. 미팅 때 마시는 커피 한 잔은 무난한 사람임을 증명하는 사인이고, 좋아하는 사람들과 수다를 떨며 마시는 커피는 스트레스 해소제다. 창 넓은 카페에서 여유롭게 책을 보며 홀짝이는 커피는 생존을 위해 주기적으로 채워야 하는 에너지 충전제이다.

얼음이 찰랑거리게 들어간 아이스 아메리카노라는 커피의 모양은 하나지만 내게 이렇게나 다양한 의미로 다가온다.

음식이나 술을 차게 냉장시키는 것을 뜻하는 단어, 칠링Chilling. 먹는 것뿐만 아니라 사람도 칠링이 가능하다. '느긋하게 휴식을 취한다'는 뜻으로도 쓰이기 때문이다. 사실 어른이라는 1인분의 삶을 살기 위해서는 찜통 안에 들어간 만두처럼 머릿속에 열이 오르거나, 불타는 고구마가 된 듯 얼굴이 화끈거리는 일투성이다.

필요 이상 과한 열기를 가라앉히고 나를 진정시키기 위한 '칠링 타임'에 꼭 필요한 존재가 바로 아이스 아메리카노. 커피 콩이 뜨거운 열기에 볶아졌다가, 다시 온몸이 갈리고, 수증기의 압력을 견딘 끝에 한 잔의 아메리카노로 완성되는 과정을 머릿속에 그려 봤다. 지금은 내 몸이 달달 볶아져도, 영혼이 자비 없이 갈려도, 스트레스로

고온 스팀 샤워를 해도 결국 이 한 잔의 아이스 아메리카
노처럼 완성될 날이 있을 거라 생각하니 이 고난의 과정
들을 견딜 힘이 생겨났다.

한여름의
토마토 설탕 절임

계절 음식의 쓸모

먹는 데 진심인 난 음식을 '순간'으로 기억한다. 여름이면 제일 먼저 떠오르는 음식은 바로 '토마토 설탕 절임'이다.

매년 여름방학이면 우리 남매는 어른도 없이 우리끼리 버스를 타고 충청도 산골에 있는 할머니 댁에 갔다. 엄마가 우리를 도시 시외버스 터미널에서 버스를 태워 보내면 시골 시외버스 터미널에서 할아버지가 우리를 수령하는 식이었다. 마치 요즘의 고속버스 택배를 보내고 받는 방식이라고 이해하면 쉽다. 먹고 살기 바쁜 부모님을 대신해 방학 때라도 할머니, 할아버지가 우리 남매를 돌봐 주셨다.

시골에 도착하면 하루하루가 똑같았다. 놀이터가 없는 건 당연했고, 당시만 해도 만화가 온종일 나오는 케이블 방송도 없었다. 그저 엄마와 떨어진 슬픔에 눈물범벅인 채로 잠들다 눈뜨는 날들뿐이었다. 이렇다 할 친구도, 놀잇감도 없던 산골의 시간은 지루했고, 외로웠고, 슬펐다.

해가 뜨면 잠자리를 잡고, 빨갛게 익은 자두를 따느라 정신없다가도 해가 지고 귀뚜라미가 울기 시작하면 나도 따라 울었다. 눈에서 아른거리는 엄마가 보고 싶어서 고장 난 수도꼭지처럼 울어댔다. 그럴 때마다 할머니는 까탈스러운 손녀의 눈물을 멈추게 할 신비의 명약을 대령했다. 눈물범벅인 손녀에게 냉면 그릇만큼 커다란 스테인리스 그릇을 건넸다. 그 안에는 냉장고에서 시원하게 설탕 이불을 덮고 자고 있던 토마토가 담겨 있었다.

토마토 설탕 절임이 담긴 그릇을 받아든 순간, 제일 먼저 하는 일은 찰랑하게 차오른 달달한 토마토 국물을 한 모금 시원하게 마시는 것이다. 그리고 포크로 찍어 새

콤달콤한 토마토를 먹으면 된다. 토마토 설탕 절임을 먹는 그 순간만큼은 그토록 보고 싶던 엄마 얼굴을 까맣게 잊을 수 있었다. 눈물을 삼키며 남은 토마토 국물을 호로록 마셨다.

토마토 설탕 절임이 슬픔을 지워 주던 명약이 아니라 몸을 해치는 독약이라는 걸 알게 된 건 어른이 된 후의 일이다. 토마토와 설탕 조합은 몸에 해롭다는 기사를 봤다. 몸을 망가뜨리는 음식 궁합 중에 토마토 설탕 절임이 나쁜 조합의 예로 꼬박꼬박 등장했다. 토마토에 풍부한 비타민 B 성분이 설탕과 만나면 설탕을 분해하느라 우리 몸에 흡수되지 못하고 엉뚱한 데 힘을 쓴다는 내용이었다. 토마토는 설탕보다 약간의 소금과 먹거나 가급적 그대로 먹는 게 좋다는 해결책을 던지며 기사는 마무리됐다. 그간 내가 먹어 온 수많은 토마토 설탕 절임들이 들었다면 통곡할 소식이다. 내 유년 시절의 여름마다 알알이 박혀 있던 음식, 토마토 설탕 절임이 일순간 몹쓸 음식이 된 것 같아 씁쓸했다.

하우스 재배가 늘어나면서 이제는 흔한 존재가 되었

지만, 내가 어릴 때만 해도 토마토는 여름 한 철에만 먹을 수 있었다. 어른이 된 나는 건강을 위해 토마토를 챙겨 먹지만 오직 여름에만 토마토 설탕 절임을 해 먹는다. 다른 계절에 해 먹으면 도무지 그 맛이 나지 않는다. 카페에서 파는 토마토를 갈아 설탕 시럽을 살짝 넣어 먹는 토마토 주스와는 다른 맛이다. 토마토 설탕 절임이 매일 먹는 음식이 아니기에 영양이니, 음식 궁합이니 하는 팩트가 내겐 무의미했다. 내게 토마토 설탕 절임은 여름의 맛, 그리움의 맛, 시골의 맛이다.

계절 음식을 먹는다는 건 1년 사이 별 탈 없이 무사히 잘 살아왔다는 '참 잘했어요' 도장을 받는 것과 같은 의미다. 봄이면 주꾸미와 두릅을 먹고, 여름이면 주사위 모양으로 자른 네모 수박과 토마토 설탕 절임을 먹는다. 가을이면 꽃게와 대하를 먹고, 겨울이면 붕어빵과 귤을 먹는다. 가능하면 현지에 가서 먹고, 불가능하면 택배를 시켜서라도 먹는다. 크리스마스 때는 딸기 생크림 케이크를 먹고, 설날에는 떡국을 먹는다. 생일에는 미역국을 먹고, 복날에는 삼계탕을 먹는다. 추석에는 송편을 먹고, 동지에는 팥죽을 먹는다. 그러면 1년이 금세 지나간다. 그 계절의 온도와 공기가 닿아 있는 음식은 딱 그때가 아니라면 맛을 잃는다. 그래서 악착같이 한 번이라도 더 먹기 위해 애쓴다. 나중에 먹겠다고 미루다 보면 계절의 온도와 공기는 변하기 마련이다.

시간은 날 기다려 주지 않는다. 부지런히 다음 계절로 달려간다. 다음 계절에는 다음 제철 음식이 기다리고 있으니 게으름을 피울 수 없다.

어릴 때만 해도 절기 음식이나 명절 음식, 제철 음식을 챙겨 먹는 어른들을 이해할 수 없었다. 엄마는 정월대보름이 되면 오곡밥과 묵은 나물을 산더미처럼 해 놓고 말했다.

"이거 안 먹고 자면 내일 아침에 눈썹이 흰색으로 변해 있을 거야."

무시무시한 그 말에 무덤만큼 쌓인 칙칙한 색과 맛의 나물을 억지로 씹어 삼켰다. 그때 난 쿰쿰한 나물을 먹는 것보다 흰 눈썹이 되는 게 무서운 어린이였다. 물에 불린 도화지 같은 맛이 나던 나물을 씹으며 생각했다. '이것보다 맛있는 게 얼마나 많은데 대체 왜 이걸 먹어야 하는 거야?' 모두 똑같이 물에 불린 도화지 맛인 줄 알았던 나물이 각기 다른 맛이 있다는 걸 느끼기 시작한 후 더는 억지로 먹지 않았다. 묵은 나물을 찾아서 먹는 참어른의 입맛으로 변한 것이다.

힘들고 괴로울 때, 식욕부터 없어지는 몹쓸 체질을 가졌다. 하지만 계절 음식이라면 얘기는 달라진다. 계절 음식은 바닥에 붙은 껌처럼 자꾸만 눕고 싶을 때 나를 일으켜 준다. 이 순간을 놓치면 다시 1년을 기다려야 하니 얼른 자리 털고 일어나라며 내 손목을 잡아 일으켜 준다. 매번 먹기 전까지 이게 뭐라고 싶다가도, 맛을 보는 순간 '그래. 이 맛을 보려면 조금 더 힘을 내 봐야지' 하고 바닥났던 의욕을 끌어모으게 된다.

누군가에게는 그저 스쳐 가는 계절 음식이 내게는 과거를 추억하게 하고, 현재의 의욕을 채워 주고, 미래의 희망을 품게 해 준다. 그래서 계절 음식을 먹는 일에 부지런을 떨 수밖에 없다.

계절 음식을 먹는다는 건, 1년 사이 별 탈 없이 무사히
잘 살아왔다는 '참 잘했어요' 도장을 받는 것과 같은 의미다.

누군가에게는 그저 스쳐 가는 계절 음식이 내게는
과거를 추억하게 하고, 현재의 의욕을 채워 주고,
미래의 희망을 품게 해 준다.
그래서 계절 음식을 먹는 일에 부지런을 떨 수밖에 없다.

그깟
트로피가 뭐라고

시상식의 쓸모

매년 연말이면 방송 3사 시상식을 꼼꼼하게 챙겨 보던 시절이 있었다. 매일 재방송 같은 날을 사는 내게 화려한 드레스와 턱시도를 입은 스타들이 한자리에 모이는 시상식은 '빅 이벤트' 같았다. 일개 시청자이자 지분 하나 없는 구경꾼일 뿐인데도 올해는 누가 대상을 받고, 어떤 소감을 말할지 궁금했다. 트로피를 쥐고 눈물범벅인 채 수상 소감을 어렵게 이어 가는 스타들을 보며 한 해를 마무리했다.

하지만 언젠가부터 시상식이 재미없게 느껴졌다. 작년에 받은 사람이 또 받고, 상을 나눠 먹는 모습을 보면서 나는 영원히 낄 수 없는 '그들만의 잔치'처럼 거리감이 느껴졌다. 어차피 나와 다른 세계에 사는 사람들이 상을 주고받는 걸 보는 게 무슨 의미일까 싶었다. 내가 아는 사람도 아니고, 그들이 상을 받는다고 해서 내게 콩고물이 떨어지는 것도 아니었으니까. 편성표에서 시상식 날짜와 시간을 체크하며 보던 열정은 사라지고, 시상식이 방송되는 시간이면 누군가와 만나 술잔을 기울이며 신세 한탄하는 일이 더 많아졌다.

그러던 내가 몇 해 전부터 연말을 꼬박 시상식장에서 보내고 있다. 그들만의 잔치를 준비하는 수많은 일꾼 중한 명으로 그 자리에 있었다. 시상식 당일, 세상 사람들이 보는 그 몇 시간을 위해 수백 배에 달하는 시간을 쏟아붓는다. 크기도 크고, 변수도 많은 시상식을 만드는 구성원으로 그 자리에서 있어 보니 알게 됐다. 시상식은 상을 주고받는 그 이상의 의미가 있다는 걸. 세상 사람들이 보는 정면 말고 뒷면에서 보는 시상식은 또 달랐다.

시상식이라는 명목 하에 오랫동안 보지 못했던 사람들이 다시 모인다. 함께 작품을 하다가도 작품이 끝나면 애써서 시간을 맞추고 마음을 맞춰야 만나야 하는 사이가 된 것이다. 각자의 자리로 돌아가 살던 사람들이 다시 만나 함께 울고 웃었던 시간을 돌아본다. 그들 중 유독 빛났던 사람들은 트로피를 거머쥐고, 다른 사람들은 진심을 다해 축하를 건넨다.

　　사실 투자하는 노력이나 실력에는 큰 차이가 없다. 다만 운이나 타이밍, 또는 그 외의 미세한 차이가 고만고만한 후보자들 사이에서 오직 수상자를 향해 활짝 웃을 뿐이다.

　　밥은커녕 숨도 편히 한 번 쉬기 힘든 그 정신 없는 와중에도 조금이라도 여유가 생기면 수상 소감에 귀를 기울인다. 출석부를 부르듯 매번 불리는 익숙한 이름들 말고, 처음 시상식에 참석하는 신인들이나 스타들 그림자에 가려진 사람들의 수상 소감은 유독 가슴에 깊이 박힌다. 얼떨떨한 표정으로 감격에 겨운 한 마디, 한 마디를 어렵게 이어가는 신인에게서는 오늘 이 순간이 어떻게 기억될까 궁금해진다. 기억의 모양은 각자 다르겠지만 위기

상황이 닥쳤을 때 '깨진 마음의 접착제'가 될 건 분명하다. 지치고 힘들어서 다 놓고 싶은 순간이 왔을 때, 트로피의 차가운 촉감과 묵직한 무게를 기억하면서 다시 한번 손에 힘을 꽉 쥐게 될지 모를 일이다.

스포트라이트 한 번 못 받아 보고 그림자처럼 살아온 사람들이 수상자로 이름이 불리는 순간은 표정부터 살핀다. 그 안에는 그 사람이 살아온 인생의 쓴맛, 짠맛, 신맛이 뒤섞인 표정이 순식간에 단맛으로 차오른다. 그들이 걸어온 길은 꽃길과는 거리가 멀었다. 상 하나 받는다고 흙길이 금세 꽃길이 되진 않는다. 하지만 이 상을 통해 한눈팔지 않고, 포기하지 않고 뚜벅뚜벅 걸어온 자신의 선택을 인정받는다. 이 순간을 원동력 삼아 한 발짝 한 발짝 흙길에서 벗어나 꽃길을 향해 나아간다. 시상식을 통해 바늘 하나 들어갈 구멍 없이 촘촘한 사람에게서 허술하고, 친근한 인간미를 본다. 폭탄이 터져도 눈 깜짝하지 않을 것처럼 보이는 탄탄한 사람에게서 그 단단함을 만들기 위해 끊임없이 단련했던 시간이 어렴풋이 보인다. 손놓고 가만히 앉아만 있었는데 트로피의 주인이 되는 사람은 아무도 없다.

무대에서 내려와도 여전히 얼떨떨함을 감추지 못하는 수상자들의 얼굴에서 무게감 가득한 다짐이 느껴진다. 고작 아령과 비슷한 모양과 무게의 금속 조형물을 세상 그 어떤 보물보다 소중히 다루며 인증샷을 남기고 조심조심 챙겨 간다.

트로피 하나에는 많은 게 담겨 있다. 지금까지 걸어온 수고에 대한 인정, 지금도 잘하고 있다는 격려, 앞으로 오늘의 이 마음을 잊지 말고 열심히 달려가라는 응원 등등. 수상의 영광은 개인에게 돌아갈지 몰라도 그 영향력은 티브이 너머까지 전해진다. 시상식에 초대받지 못한 누군가는 언젠가 저 자리에 서 있을 자신을 상상하며 고단한 한 해를 마감한다. 포기하지 않는 한 트로피의 주인이 될 가능성은 누구에게나 열려 있으니까.

가까이서 시상식의 안과 밖을 경험한 후 왜 방송국 놈들이 큰돈 들여 시상식을 매년 개최하는지 이해하게 됐다. 시상식의 가치와 의미를 조금 더 생생하게 느끼게 된 후 나도 매년 연말이면 '나만의 시상식'을 연다. 시상식 장소는 보통 다이어리나 블로그 비공개 글 안이다. 주최자는 나고 시상자도, 수상자도 나다. 눈이 아프게 터지는 카메라 플래시도, 반짝이는 명품 드레스도 없다. 대신 평소에 잘 사용하지 않는 반짝이 펜을 이용해 나의 1년을 결산해 본다. 수상자가 한 명뿐인 시상식이지만 제법 흥미진진하다. 올 한 해 잘한 일, 소중한 사람과의 잊지 못할 일화, 최고의 만족을 안겨 준 쇼핑템, 다시 가고 싶은 여행지, 실패의 위기를 극복한 일들을 하나하나 꼽아 본다. 후보들의 활약상을 담은 VCR을 보듯 그 순간순간 내게 일어난 일들을 천천히 되돌아본다. 매번 게으름이나 포기하고 싶은 마음과 싸워가며 하나의 성과를 이룬 나를 칭찬하는 시간이다.

지독한 자기 객관화가 일상인 나지만 이때만큼은 별의별 항목을 만들어 트로피를 안겨 준다. 셀프 시상식을 마치고 수상자 리스트를 보면 나의 1년이 정리된다. 나눠 먹기 시상식이 아닌 모든 상을 나 혼자 배부르게 먹는 '독식' 시상식이지만 쌍욕이 쏟아질 걱정은 없다.

가뿐한 마음으로 새해를 시작하기 위해 '나만의 시상식'보다 좋은 습관이 없다. 연말마다 나를 기다리고 있을 나만의 시상식을 위해서 오늘도 난 후보 VCR에 들어갈 소스들을 채우고 있다. 올해의 끄트머리 어떤 모습의 내가 수상자가 될지 모르니 최대한 다채로운 경험을 쌓기 위해 하루하루를 그냥 흘려보내지 않는다. 자신에게 주어진 시간을 허투루 보낸 사람에게는 시상식 초대장이 오배송되는 일도, 트로피가 절로 걸어가는 일도 없으니까.

꿀꿀한 기분 지우개, 삼선짬뽕

짬뽕의 쓸모

영화 소개 프로그램을 만들 때는 일주일에 서너 번씩 시사회에 가는 게 중요한 일정이었다. 개봉 전, 남들보다 먼저 영화를 볼 수 있다는 건 분명 큰 즐거움이다. 그것도 공짜로 보니 재미는 배가 된다. 하지만 하루에 두세 편씩 내리 영화를 보는 건 생각보다 에너지 소모가 크다. 겨울에는 따뜻하고 여름에는 시원한 극장 의자에 앉아 영화만 보는 게 뭐가 그렇게 힘든 일일까 의아할 수 있다. 모든 업무가 그렇겠지만, 영화 보기가 취미가 아닌 일이 되는 순간 영화를 넋 놓고 볼 수가 없다. 스토리와 캐릭터를 분석하고, 숨겨둔 복선을 찾아내고, 메시지를 파악하기 위해 영화를 씹고 뜯고 맛보는 건 말 그대로 '일'일 뿐이다.

전날 밤을 새웠고, 몇 시간 눈을 붙이지 못하고 집을 나섰다. 물먹은 솜이불을 뒤집어쓴 듯 무거운 몸과 마음을 이끌고 지금은 사라진 명동 성당 근처 극장에 도착했다. 연달아 두 편의 영화를 보고 극장 밖을 나오니 아까 내리던 비는 그치고 어스름한 저녁이 몰려오고 있었다.

보통 직장인들이라면 퇴근이 가까워 발걸음이 가벼워지는 시간, 프리랜서인 내 발걸음은 한없이 무거웠다. 남들은 퇴근하는 시간에 사무실로 들어가야 했기 때문이다. 정해진 출퇴근 시간은 없지만 정해진 일이 산더미처럼 쌓여 있었다. 불쑥 비뚤어진 마음이 튀어나왔다.

'지금 들어가나 이따 들어가나 뭐가 다르지?'

어차피 날 기다리는 건 사람이 아니라 일이니 땡땡이를 치기로 마음먹었다. 지독한 계획주의자의 인생에 있을 수 없는 일탈의 시작이었다. 피가 뜨거운 고등학생도 아니고 객기를 부릴 대학생도 아닌 성인이 땡땡이를 감행

했다. 버스 정류장과 반대 방향으로 걸으며 생각했다.

'근데 뭐하지?'

친구들은 다들 한창 일할 시간이고, 불러낼 사람도 딱히 생각나지 않았다.

자꾸만 옷깃을 여미게 만드는 11월 중순의 쌀쌀한 기온, 흐리지도 맑지도 않은 어중간한 날씨, 그날의 온도, 그날의 기분에 어울리는 정답은 '짬뽕'이었다.

고개를 들어 주변을 둘러보니 오래된 중국집 간판이 기다렸다는 듯 나를 내려다보고 있었다. 주저할 시간도, 고민할 이유도 없었다. 저벅저벅 걸어가 묵직한 유리문을 여니 신세계가 펼쳐졌다. 타임머신이라도 탄 듯 21세기 스산한 가을 서울 거리에서 18세기 청나라 황제가 주최한 궁중 연회장으로 분위기가 바뀌었다. 빨간색과 금색으로 뒤덮인 화려한 중국식 인테리어에 눈이 아팠다. 몇몇 테이블에 홀로 앉은 아저씨들이 각자 자기 음식에 집중해 이른 저녁을 먹고 있었다. 짜장면, 볶음밥, 짬뽕 등 메뉴는 달랐지만 하나같이 반주를 곁들이고 있는 게 희한했다. 나도 그 사이에 자리를 잡았다. 그리고 종업원이 물과 메뉴판을 내려놓기도 전에 말했다.

"삼선짬뽕 하나요."

　평소라면 내 선택은 언제나 짜장면이지만 그날만큼은 짬뽕이었다. 그냥 짬뽕도 아닌 해산물이 듬뿍 들어간 고급스러운 삼선짬뽕이 필요했다. 철창 안에서 쳇바퀴를 도는 햄스터처럼 매일 열심히 달려도 제자리에 선 것 같아 울적한 마음에 사치를 부렸다.

　얼마 지나지 않아 까만 홍합이 산처럼 쌓인 그릇 하나가 나를 향해 다가왔다. '삼선'이라는 두 음절이 더 붙었을 뿐인데 그간 봐 왔던 일반 짬뽕과는 차원이 달랐다. 시뻘건 국물 위로 오징어, 게, 새우, 소라까지 해산물이 넘쳐났다. 주방장이 공들여 쌓았을 해산물 탑이 무너지지 않게 옆쪽으로 조심히 숟가락을 넣어 국물을 떠서 입에 넣었다. 각종 해산물이 팬에 달달 볶이고, 육수 안에서 사우나를 하며 온몸으로 내뿜었을 감칠맛이 혀에 닿았다. 매콤 칼칼한 국물이 목구멍을 타고 흐르자 찌든 피로와 묵은 짜증도 함께 씻겨 내려갔다. 삼선짬뽕 한 그릇은 지구 내핵과 하이파이브할 만큼 까마득한 지하로 내려앉던 기분에 브레이크를 잡아 줬다. 짬뽕 한 그릇을 다 비우고 나니 기분은 다시 정상치로 돌아왔다.

'짬뽕 한 그릇에 기분이 이렇게 멀쩡해진다고?'

믿을 수 없지만 이미 내 몸은 짬뽕에 지배당하고 있었다. 중국집에 들어간 건 배가 고파서는 아니었다. 사무실에 다시 들어가기 싫었고, 텅 빈 마음과 붕 뜬 시간을 채울 무언가가 필요했다. 그때 마침 생각난 게 짬뽕이었고, 뇌가 시키는 대로 짬뽕을 먹어야겠다는 단순한 생각에 중국집 문을 열었을 뿐이다.

기대하지도 않은 '짬뽕 매직'을 경험한 후 머리가 아프면 두통약을 입에 털어 넣듯 기분이 다운된다 싶으면 짬뽕을 입에 털어 넣는다. 머리끝까지 화가 날 때, 열심히 준비했던 일들이 수포로 돌아가 허무할 때, 원하는 대로 일이 풀리지 않아 짜증이 날 때, 남들의 한마디에 호떡 뒤집듯 인생이 뒤집힐 때… 기분이 꿀꿀해지면 그 기분을 지우기 위해 짬뽕을 먹으러 간다.

짬뽕을 먹으며 땀을 빼고, 배를 채운다. 그리고 두둑한 배를 안고 집으로 돌아와서는 잠을 잔다. 몸에는 좋을 게 하나 없는 루틴이라는 걸 안다. 하지만 그렇게 자고 일어나면 다시 기분이 정상으로 돌아온다. 이렇게라도 나를 어르고 달래야 난 또 내 몫의 일을 해내고, 내게 펼쳐진 날들을 힘내서 살아갈 수 있다.

　　손에 닿는 매콤 칼칼한 행복, 짬뽕이 있기에 나는 지
치지 않고, 무너지지 않고 살아간다.

3장

비스듬히 보면

다르게 보이는

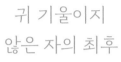

귀 기울이지
않은 자의 최후

도어락 신호음의 쓸모

며칠 전부터 뭔가 이상했다. 문을 닫으면 저절로 잠기던 도어락이 할 일을 하지 않았다. 당연히 닫힌 줄 알고 외출했다 돌아오니 문이 열려 있었다. '누가 다녀갔나? 아니면 문 사이에 뭔가가 껴서 문이 안 닫혔었나?'

아무리 둘러봐도 원인을 찾을 수 없었다. 가족의 증언에 따르면 배터리를 바꾼 지 얼마 되지 않았기 때문에 기계 자체의 문제라는 결론에 닿았다. 집에 사람도 없는데 수리 기사를 부르면 언제 불러야 할까, 돈은 또 얼마나 들까, 생기지도 않은 일에 대해 걱정과 고민이 머리를 어지럽히고 있었다.

　아니나 다를까 결국 일이 벌어졌다. 그날따라 갑자기 뱃속에 천둥이 쳐서 부리나케 집으로 달려왔다. 내 몸의 모든 힘을 끌어모아 괄약근을 부여잡지 않으면 인간의 마지막 존엄성을 잃어버릴 위험에 처한 급박한 상황. 한여름 소나기처럼 땀은 쏟아지는데, 아무리 비밀번호를 눌러도 문이 열리지 않았다. 손가락에 땀이 차서 버튼이 제대로 안 눌린 걸까? 마음이 급해서 비밀번호를 헷갈린 걸까? 숨을 크게 한 번 들이쉬고 내뱉어 호흡을 가다듬었다. 손에 땀을 닦고 경건한 마음을 담아 조심조심 번호를 눌렀지만… 역시 감감무소식이다. 가족에게 전화해 나 모르는 사이에 비밀번호를 바꾼 게 아니냐고 물었다. 다행히 나는 여전히 가족 구성원이었고, 나만 모르는 비밀번호가 따로 있는 건 아니었다. 띡! 띡! 버튼이 눌렸다는 신호음은 제대로 나는데 대체 문은 왜 열리지 않는 걸까?

　'게으름을 부린 벌을 이렇게 받는구나.'
　도어락이 평소와 다른 컨디션이라는 걸 느꼈을 때 바

로 수리 기사를 부르지 않은 과거의 나를 잠시 원망했다. 하지만 원망한다고 해결될 문제가 아니다. 요동치는 뱃속과 혼란스러운 정신을 간신히 붙잡고 인터넷에서 집 근처에 있는 열쇠 수리공 번호를 찾기 시작했다. 그러다 지금의 나와 비슷한 상황을 겪었던 누군가의 해결 과정을 담은 포스팅이 눈에 들어왔다. 배터리 방전일 경우 도어락 아래쪽의 비상 전원 단자에 네모난 9볼트짜리 건전지를 대면 문이 열린다는 내용이었다. 솔깃했다. 수리 기사를 부르는 것보다 시간적으로나 금전적으로나 효율적인 방법이었다. 만에 하나 이 방법이 실패하면 그때 수리 기사를 불러도 충분했다. 잠시 배가 잠잠해진 틈을 타 9볼트 건전지를 사 왔다. '열려라 참깨!' 인류의 마법 주문을 조용히 마음속으로 외치며 건전지를 단자에 댔다.

띠리릭! 그토록 기다렸던 맑고 고운 소리와 함께 굳게 닫혔던 문이 열렸다. '블로거 선생님 만세!' 덕분에 시간도 굳고, 돈도 굳었다. 출장 수리를 불렀다면 몇 만 원이 날아갈 일을 천 원짜리 몇 장으로 해결했다. '잘했어, 나 자신.' 지나칠 수도 있던 블로거 선생님의 포스팅을 찾아낸 나를 칭찬했다. 삐질삐질 비지땀을 흘리며 침착하게 문제를 해결한 내가 대견했다. 다음에는 당황하지 않고 능숙하게 대처할 수 있겠다는 자신감이 차올랐다. 그런데 달콤한 성취감에 취해 우쭐거리다 보니 끝 맛이 씁쓸했다.

'뭐지? 이 쓴맛의 정체는?'

생각해 보면 도어락은 하루아침에 먹통이 된 게 아니었다. 곧 작동을 멈출 것 같으니 대비하라고 이미 여러 차례 신호를 보냈다. 평소와 버튼음이 달랐고, 종종 문도 닫히지 않았다. 그 신호를 주의 깊게 여기지 않은 건 나였다. 이번 도어락 사태의 원인은 도어락 자체가 아니라 모든 신호를 대수롭지 않게 여긴 사람의 문제였다.

크고 작은 시그널을 별거 아닐 거라고 여기다가 난처한 일을 겪을 때가 있다. 신호등이 깜빡인다는 건 곧 신호가 바뀔 거라는 의미다. 깜빡이는 신호등을 무시하고 길을 건너려다 횡단보도 한가운데에 우두커니 발이 묶인다. 자칫 방심해 한 발이라도 뗐다가는 사고가 날 수도 있다. 카톡 메시지 창의 1이 사라졌는 데도 답장이 없다는 건 상대가 그다지 답장할 의지가 필요를 못 느낀다는 의미다. 그걸 무시하고 왜 답장이 없냐 다그치면 눈치 없는 피곤한 사람이 된다. 양말 앞코가 자꾸 닳아 시스루 상태가 된다는 건 발톱이 기준치 이상으로 자랐다는 의미다. 낡은 양말의 신호를 무시하고 발톱을 다듬지 않으면 신발 벗는 자리에서 구멍 난 양말 때문에 망신을 당할 수 있다. 그대로 방치했다가 머지않아 옆 발가락에 상처를 내 피까지 볼 수 있다. 연락 횟수가 줄어든다는 건 관계의 온도가 식었다는 뜻이다. 곧 인연의 끝이 멀지 않았다는 의미다. 그 온도를 무시하고 혼자 화르르 열을 올려 봤자 관계만 급속 냉동될 뿐이다. 얼어붙은 관계는 늘어지는 게 아니라 결국 깨진다.

세상 만물의 신호음을 모두 신경 쓸 순 없다. 그 모든 걸 신경 쓰다가 내가 다 닳아 없어질지 모른다. 하지만 순위라는 게 있다. 내게 필요한, 내게 중요한, 내게 소중한 순서는 분명 존재한다.

나만의 기준을 정해 두고, 그 순위에 따라 내 곁의 소중한 존재들이 보내는 시그널에 눈과 귀를 활짝 열어 두고 살아야 한다. 그래야 어느 날 갑자기 굳게 닫힌 문 앞에서 당황해 허둥지둥하지 않을 수 있다. 지금 당장은 내 앞에 활짝 열려 있는 관계, 인연, 기회, 도전, 시작이라는 이름의 문은 언제든 닫힐 수 있으니까.

세상 만물의 신호음을 모두 신경 쓸 순 없다.

그 모든 걸 신경 쓰다가 내가 다 닳아 없어질지 모른다.

나만의 기준을 정해 두고, 그 순위에 따라

내 곁의 소중한 존재들이 보내는 시그널에

눈과 귀를 활짝 열어두고 살아야 한다.

할 말 하고 살아도
세상 안 무너져

지르기의 쓸모

불쾌지수가 폭발하는 한여름에 만원 대중교통을 이용하는 건 내 안의 알량한 인류애를 시험하는 일이다. 금방이라도 비가 쏟아질 듯 습기 가득한 거리에서 도망쳐 전철에 올랐다. 사람들은 가득했지만 전철 안 에어컨 바람도 시원했고 운 좋게 금세 자리가 났다. 그렇지만 내 불쾌지수는 낮아지기는커녕 점점 더 차올랐다. 개념 없는 한 인간 때문이었다.

한계치에 다다른 난 화를 누르고 최대한 건조한 투로

말했다. 대신 눈으로는 쌍욕을 쏟아낼 기세를 담아서.

"저기요. 선생님! 선생님의 허벅지가 자꾸 제 자리까지 선을 넘네요. 다리를 좀 오므려 주시겠습니까?"

옆에 앉은 '쩍벌 인간'의 뜨끈하고 끈적한 다리가 자꾸 내 다리에 닿았다. 처음에는 실수인 줄 알고 내 다리를 단속했지만 그럴수록 쩍벌 인간은 기세가 등등하게 자꾸 내 자리로 넘어왔다. 한두 번 뜨거운 눈빛을 쏘고, 몸을 슬쩍 비틀어 힌트를 줬다. 하지만 옆 사람은 무신경한 건지, 아니면 날 무시한 건지 전혀 변화가 없었다.

난 호락호락하게 살다가는 호구 잡힌다는 인생의 진리를 충분히 아는 나이다. 그래서 내가 정한 기준에 넘어선다면 순간 참지 않고 말한다. 이때 무엇보다 애티튜드가 중요하다. 첫마디부터 단호박처럼 단호하게, 손톱깎이처럼 딱 잘라 말해야 한다. 내가 당당할수록 상대방은 당황하기 마련. 내가 쭈글쭈글하면 상대방은 적반하장의 역공을 펼칠 수도 있다. 선을 넘는 사람에게 구구절절 이유를 설명할 필요도 없다. 미소를 쫙 뺀 건조한 표정을 장착한다. 감정은 빼고 팩트만 딱 던진다.

내 말이 끝나기 무섭게 전철 안 모든 눈동자가 쩍벌 인간에게로 모였다. 주변의 시선을 인식한 쩍벌 인간은 그제야 멋쩍은지 헛기침을 한 번 내뱉고 다리를 오므렸다. 나 역시 귀 끝이 새빨갛게 달아올랐지만 견딜 만했다. 다시 이어폰을 귀에 꽂은 후 눈을 감고 평화로운 나의 영역으로 돌아왔다. 민망함은 순간이지만, 안락함은 내가 전철을 내릴 때까지 계속된다.

좋은 게 좋은 거니까, 괜한 분란을 만들고 싶지 않아서, 나 하나만 참으면 조용히 넘어가니까, 드센 사람으로 보이고 싶지 않아서, 사람들의 이목이 집중되면 내 얼굴이 빨개지니까… 갖가지 이유를 붙여서 하고 싶은 말을 삼키던 시절이 있었다. 어쨌건 내가 감당할 수 있을 정도의 괴로움이라면 굳이 내뱉지 않고 적당히 넘어갔다. 그래도 괜찮은 줄 알았는데 괜찮은 게 아니었다. 화가 쌓이고, 울분은 독이 되어 몸을 병들게 했다.

반면, 내 기준에 할 말 다 하는 사람들은 똑똑하게 자기 몫을 챙기고 있었다. 누가 시킨 것도 아니었고, 못 해서 안 하는 게 아닌데 자꾸만 억울함이 차올랐다. 내가 사는 지금 이 시대는 양보나 인내가 미덕이 아니다. 숨어서 상처를 끌어안고 끙끙거릴 게 아니라 문제를 꺼내 세상 빛과 바람을 닿게 해야 썩지 않는다.

오랜만에 나를 본 친구들은 말한다.
"너 말 되게 잘한다. 언제부터 이렇게 할 말 다 하는 사람이 됐어? 변했다 너."
그렇다. 어떤 면에서 나는 변했고, 또 어떤 면에서는 난 변하지 않았다. 예나 지금이나 똑같이 사포처럼 까칠하고 예민하다. 전에는 사람들이 까다롭게 보는 게 싫어 하고 싶은 말이 100개라면 20~30개만 말했다. 다만 그렇게 숨기고 참아 봤자 나에게 득이 되는 게 없다는 '경험'이 생겼다. 그래서 노선을 살짝 변경한 것뿐. 여전히 100개를 다 말하진 못하지만 70~80개까지 수치를 높였다.

라떼 스타일로 말하자면 이 상태는 '노처녀 히스테리'라고 볼 수 있다. 노처녀 히스테리. 단어 그대로 결혼을 하지 않고 싱글인 채 나이를 먹으면 신경질적으로 변하는 줄 알았다. 어른들이 다 그렇게 말했으니까. 그런데 막상 내가 나이가 차고 넘치는 싱글녀, 그 당사자가 되어보니 알겠다. 할 말 하고 살아도 세상 무너지지 않는다는 걸. 사람들이 나를 어떻게 볼지, 어떻게 평가할지 신경 쓰기보다 내 속에 쌓아 두는 게 없어야 꼬이지 않고, 비뚤어지지 않는 사람이 될 수 있다. '히스테리'라는 한 단어로 평가 절하하기에 세상은 우리를 거칠게 키웠다.

입을 닫으면 마음이 닫히고, 마음이 닫히면 관계가 닫힌다. 물론 모든 관계를 다 구질구질하게 붙잡을 필요는 없다. 선택과 집중이 필요하다. 나 자신을 소중히 여기면서 꼭 필요한 관계를 유지하는 현명한 방법을 고민해 봐야 한다. 그 첫걸음은 바로 마음을 쌓아 두지 않는 것, 속마음을 솔직히 표현하는 것이었다. '말 안 해도 상대방이 내 마음을 알아주겠지?' 그건 혼자만의 착각이다. 스무고개 하듯 눈빛과 행동으로 힌트 줄 시간에 솔직히 툭 까놓고 얘기하자. 가뜩이나 쓸데도 많은 내 에너지를 눈치 싸움하느라 불필요한 곳에 낭비할 필요 없다.
마음도 말도 쓸 때 쓰고, 아낄 때 아끼자. 당신이 생각하는 것보다 세상 사람들은 당신의 말에 크게 의미를 두지 않고, 또 쉽게 잊는다. 마음에 담아 두지 않고 솔직히 얘기하는 것, 그게 바로 모두를 위한 건강한 관계의 시작이다.

내 인생에
없을 줄 알았던 단어,
복근

복근의 쓸모

"이렇게 살면 큰일 나요. 살려면 근력부터 키우세요."

건강 검진이나 신체검사를 할 때마다 선생님들께 귀에 딱지가 앉도록 들었던 말이다. 태생이 뼈가 가늘고 이렇다 할 근육을 평생 가져 본 적도 없다. 내 몸의 대부분은 얇은 뼈와 그걸 둘러싼 두툼한 살로 이뤄져 있다. 눈으로 보기만 했던 내 팔을 직접 만져 본 사람들은 놀란다. 처음에는 뼈가 너무 얇아서 놀라고, 다음에는 보기보다 살이 많아서 놀란다. 보통 사람들이 가지고 있는 근육 양이라면 지금 팔 두께에서 두 배는 두꺼워져야 한다. 하지만 근육이 없는 나는 물컹한 살로 평균 사이즈를 유지하고 있다.

이렇게 난 생존을 위한 최소한의 근육만으로 버텨 왔다. 근육 있는 탄탄한 몸은 내 인생에 없을 거라 알고 살아왔다. 그러던 어느 날 아침, 서둘러 옷을 갈아입다 내 몸에서 낯선 무언가를 하나 발견했다. 거울 앞에서 이리저리 배를 비틀어 그 존재가 뭔지 확인했다. 흐릿하지만 11자 새싹 복근이었다. 아직 가로선은 드러나지도 않았고 어렴풋한 세로선뿐이지만 복근은 복근이었다. 남들은 '이게 뭐야?'라고 할지 몰라도 내가 보기엔 복근이 맞다. 요가 시작 N개월 만에 얻은 쾌거다. 요동치는 마음을 진정시키기 위해 시작한 요가가 기대하지도 않은 반가운 손님을 데리고 왔다. 군살에 가려져 있던 복근이 4N년 만에 세상 빛을 보게 됐다.

'어? 이게 되네?' 싶은 순간들은 예고도 없이 내 인생에 발을 불쑥 내민다. 기대하지 않은 결과를 얻었을 때의 기분은 얼떨떨하면서도 내가 낯설다. '나한테 이런 능력이 있었다고?' 자신을 낮잡아 보며 능력을 의심했던 과거의 내가 부끄러워진다.

　　20대 시절의 나는 정하기 선수였다. 내 한계를 먼저 정했고, 올라가지 못할 나무는 쳐다보지 말자고 정했다. 그 나무에서 떨어지면 아프니까, 다치니까 애초에 올라갈 생각조차 하지 않았다. '스무 살이면 성인인데 무모한 행동은 하지 말자', 20대 중반에는 '벌써 꺾인 50인데 더 실패하지 말아야지', 서른이 넘어서는 '새로 시작하기 어렵다는데 굳이 뭘 새로 시작하려고 해. 시작해 봤자 가시밭길일 거야' 이솝 우화 속 여우처럼 포도라는 목표를 그저 바라보기만 했다. 손에 닿지 않는 그 포도는 '셔서 맛이 없을 거야'라고 단정 지어 버렸다.

　　실패했을 때, 누군가로부터 무시당했을 때, 여러 상황 속에서 불안과 수치심, 죄책감이 들 때 내 마음이 다치지 않도록 스스로 합리화시키고 보호하기 위한 방법이었다. 그렇게 외면하고 피하면 무거운 책임감에서 벗어날 수 있을 줄 알았다.

　　불안했던 20대를 지나고 보니 그때 내가 '신중'이라고 믿었던 선택은 나를 좁고 캄캄한 방 안에 가두는 일이었다. 그곳에서 잔뜩 웅크린 채 방치한 결과는 가뜩이나 없는 몸과 마음의 근육을 말라비틀어지게 만들었다.

나를 단정 짓고 꼬투리 잡고 깎아 내기 위해 도끼눈을 뜬 사람들로 넘쳐 나는 세상.

'왜 먼저 내 가능성을 후려쳤을까?', '내 단가를 스스로 낮춰 잡았을까?', '내게 주어진 기회를 펼쳐 보지도 않고 일찌감치 반납했을까?'

뒤늦은 후회가 밀려왔다.

혼란스러웠던 30대를 지나 40대가 된 나는 조금 달라졌다. 하도 여기저기서 얻어맞아서 맷집이 붙은 덕분일 수도 있다. 아니면 속 끓여 봤자 내 머리만 아프다는 진리를 깨달아서일 수도 있다. 이도 저도 아니라면 남들 말에 휘둘려 살아 봤는데 별거 없다는 걸 알게 된 마이웨이 마인드가 생겼기 때문일 수도 있다.

머리 굴리며 계산기를 두드리는 일 집어치우고 끌리는 대로 걸어간다. 희망이 없어도 별 기대하지 않고 시도해 보는 일이 늘었다. 실패하더라도 완전한 시간 낭비가 아니라 경험치는 쌓이는 거니까. 실패하고 싶지 않으면 시도하지 않으면 된다. 하지만 실패하지 않고 저절로 얻을 수 있는 건 아무것도 없다. 누가 떠먹여 준 결과는 순간 행복할 순 있겠지만 완벽한 내 것이 될 수 없다. 곧 반백 살이 코앞인데 뭘 시작하느냐고 뒷짐 지고 멍하니 시간을 흘려보내는 게 아니라 뭐라도 시작하고, 실패든 성공이든 결과를 채우고 있다.

이제 막 희미한 윤곽이 생긴 '새싹 복근'의 운명은 어떻게 될까? '내 몸은 근육이 잘 안 붙을 거야. 그러니까 내 인생에 복근이 생기는 일은 없을 거야.' 여우의 신 포도 같던 복근과 애써 거리 두기 했던 날들은 이제 없다. 조금만 움직여도 몸에 탄력이 붙고, 군살도 쉽게 붙지 않는 체질의 20대는 훌쩍 지났다. 자칫 방심하면 이 연약한 복근은 언제라도 사라질 게 뻔하다. 내 인생에 없을 줄 알았던 복근을 소중히 지키고, 또 무럭무럭 키우기 위해서는 운동을 게을리하지 않고, 부지런히 몸을 움직여야만 한다.

배에 힘을 빡 주고 배를 굽혔다 펼 때마다 배가 찢어질 거 같은 고통이 밀려든다. 하지만 배는 그렇게 쉽게 찢어지지 않는다. 인간의 몸은 우리가 생각하는 것보다 튼튼하다. 신기루처럼 언제 사라질지 모르는 복근을 가지고 있는 동안에라도 잘 키워 보고 싶다. 더 나이가 들면 지금보다 근육 붙이는 데 더 큰 에너지가 필요할 거다. 그러니 조금이라도 더 체력이 있고, 덜 군살이 붙는 '지금'이 새싹 복근을 키우기 위한 최적의 타이밍이다.

어때유?
참 쉽쥬?

따라 하기의 쓸모

요리하는 것보다 먹는 걸 더 좋아하는 편이긴 하지만 요리에 대한 두려움은 딱히 없다. 내 뒤에는 든든한 '백'이 있기 때문이다. 먹기만 했던 음식을 직접 만들어야 할 때면 검색창에 요리명과 함께 마법의 단어를 쳐 넣는다.

백선생! 치킨 스톡이나 코코넛 밀크처럼 일반 가정에는 잘 없는 양념을 활용한 레시피가 아니다. 그의 레시피를 따라 하다 보면 간장, 설탕, 식초 같은 흔한 양념만으로도 제법 그럴싸한 요리가 완성된다. 특별히 맛이 있다

기보다 맛이 보장된 레시피라는 점이 마음의 안정감을 준다. 우리 가족 입맛에는 다소 달고, 양이 많아 적당히 설탕을 빼고, 비율만 맞춰 양을 줄여 요리한다.

건강보다는 맛에 충실한 백선생의 요리를 따라 하면서 요리에 대한 두려움이 사라졌다. 음식은 눈치가 빠르다. 만드는 사람이 자신감이 없는 상태로 만들면 꼭 티가 난다. 고개를 갸우뚱하며 물음표를 품고 만드는 요리는 맹맹한 물음표 맛이 났다. 네 맛도 내 맛도 아닌 모호한 맛. 건강 걱정 때문에 조미료나 양념 쓰기를 주저하면 맥 빠진 맛이 난다. 맛없는 요리만큼 나쁜 건 또 없다.

확신의 느낌표를 가지고 만든 요리에서는 예상한 딱 그 맛이 났다. 요리는 장비빨, 재료빨이 아니라 자신감이라는 걸 백선생에게 배웠다. 이후 요리에 대한 감이 생겨나면서 굳이 레시피를 찾아보지 않아도 제법 그럴싸한 요리를 완성할 수 있게 되었다.

누군가를 따라 하거나 흉내 내는 것은 잘못됐다고 여기던 시절이 있었다. 나만의 독창적인 무언가가 중요하다고 생각했던 때였다. 복제, 카피, 표절 같은 부정적인 단어들이 먼저 다가와 나를 움츠리게 했다.

0에서 시작하는 게 공정하다고 생각했다. 하지만 아무런 베이스가 없는 상태에서 남들과 다른 무언가를 만드는 건 불가능에 가까운 일이었다. 애썼지만 맨땅에 헤딩하는 기분이었다. 발버둥 쳐서 뭔가를 완벽하게 만드는 건 어려웠다. 나보다 일찍 출발해 결과를 얻은 사람들 '천지'였다. 처음부터 새로운 걸 만들어 내는 사람은 일종의 천재다. 대부분의 평범한 사람은 인재人材, 즉 어떤 일을 할 수 있는 학식이나 능력을 갖춘 사람일 뿐이다. 그러니 부지런히 따라 해서 경험을 채우고, 실력을 쌓아 결과를 얻어야 한다.

생각해 보면 오늘의 내가 있기까지 셀 수 없이 많은 '흉내 내기'와 '따라 하기'가 있었다. 백선생을 따라 하며 요리 실력이 늘었던 것처럼, 처음 말을 배울 때는 엄마의 입 모양을 따라 흉내 내다 보니 말문이 트였다. 학창시절에는 선생님의 문제 풀이를 따라 풀며 오답을 줄여 나갔다. 사회인이 되어서는 선배들이 만들어 놓은 틀에 내용을 따라 채우며 실력을 키워 나갔다. 그렇게 앞서갔던 여러 사람의 장점들을 따라 하면 두려움을 줄이고, 자신감을 채울 수 있다.

'따라 하기'의 가장 큰 장점은 부담감이 적다는 거다. 시행착오를 겪더라도 '따라 해 본 거니까'라는 가벼운 마인드가 충격 방지 쿠션이 됐다. 처음부터 끝까지 100% 내 의지와 생각으로만 진행했다면 자책이 특기인 난 오롯이 실패의 책임을 나에게로 돌렸을 것이다. 하지만 '따라 하기'를 하면 화살을 돌릴 누군가가 생긴다. 책임을 추궁하는 게 아니라 먼저 간 사람의 방법이 꼭 정답은 아닐 수도 있고, 내 상황이나 성향과 맞지 않을 수도 있다는 경험을 얻게 된다. 삼진을 피하는 요령과 홈런을 치기 위해 에너지를 아끼는 방법을 알게 된다.

어떻게 해야 할지 감이 잡히지 않는다면 무조건 따라 하는 것부터 시작한다. 투자하는 시간 대비 결과 같은 계산을 하지 않고 따라 해 보면 보인다. 어떤 순서와 구성, 내용으로 채워야 결과가 완성되는지 알게 된다.

키가 작은 나는 비슷한 체형을 가진 스타들의 옷차림을 참고한다. 업계 최고의 전문가들이 고심해 입혔을 스타일링에서 힌트를 얻는다. 똑같은 제품을 사서 입을 재력은 없으니 전체적인 톤만 참고한다. 상의는 짧게, 하의는 슬림하게 입는다든가, 여러 색을 복잡하게 섞는 것보다 톤 온 톤 매치로 통일성 있게 컬러를 매치하면 작은 키를 보완할 수 있다. 치렁치렁하게 길고, 통이 넓은 바지가 유행이니까 하나 사서 입어 볼까 싶어 마음이 들썩일 때는 그런 스타일의 옷을 입은 스타 사진을 찾아본다. 머릿속에서 스타의 얼굴을 떼고 내 얼굴을 올려 본다. 코디가 안티라는 댓글 반응을 보면서 곱게 마음을 접는다. '전문가들의 손길이 닿았는데도 소화 못하는 스타일을 내가? 감히?' 난 소화불량을 넘어 체할 게 분명하다. 따라 하기 덕분에 불필요한 지출을 막았다.

글쓰기도 마찬가지다. 처음 글을 쓰기 시작했을 때, 어떻게 써야 할지 몰랐다. 우선 나와 비슷한 고민을 가지고 있는 사람들의 글을 읽어 봤다. 그들의 글에서 내가 공감했던 부분들을 추렸다.

#일상 #솔직함

일생에 한 번 있을까 말까 한 비범한 사람들의 특별한 이야기가 아니었다. 누구나 한 번쯤 겪었음직한 이야기가 공감을 부른다. 쥐구멍을 찾게 될 흑역사가 아닐까 싶은 낯부끄러운 이야기도 거침없이 썼다. 그 솔직함 덕분에 읽는 사람은 더 쉽게 몰입하게 된다. 글쓰기 선배님들이 그랬던 것처럼 #일상과 #솔직함을 뼈대로 잡고 그대로 따라 썼다. 에피소드만 내 것일 뿐 구조와 형식은 앞선 사람들을 그대로 흉내 냈다. 누구나 겪을 수 있는 흔한 일상 속 에피소드에서 느끼는 생각을 솔직하게 적어 내려갔다. 내 스타일이 뭔지 모르니 여러 사람의 스타일을 하나하나 따라 해 보면서 내 스타일을 찾아간다. 취할 건 취하고, 버릴 건 버리면서 서서히 선명한 내 스타일을 만들어 가는 중이다.

눈 감고 외나무다리를 건너는 것처럼 불안하고, 위태로울 때가 있다. 어쩌면 그렇게 무리해서 가는 것보다 연습 삼아 가벼운 마음으로 따라 해 보고 감을 잡아 출발하는 게 실패 확률을 낮추는 방법일지 모른다.

첫걸음부터 공만 들이다 지쳐 일찌감치 나자빠지는 것보다 성공 확률이 높다. 다시 돌아오더라도, 늦게 출발하더라도 제대로 된 결과에 도착하고 싶다면 따라 하기를 두려워하지 말아야 한다.

내 스타일이 뭔지 모르니 여러 사람의 스타일을
하나하나 따라 해 보면서 내 스타일을 찾아간다.
취할 건 취하고, 버릴 건 버리면서 서서히
선명한 내 스타일을 만들어 가는 중이다.

목에 힘 빼고
잠자듯 편안하게
눕기의 쓸모

정식으로 수영을 배운 적은 없다. 그래도 물에 가라앉
지 않을 수준의 수영 실력을 갖추게 된 건 수영 강사를 자
처해준 지인들 덕분이다. 언젠가 동남아의 작은 리조트로
여행을 갔을 때다. 야자나무 그림자가 드리워진 파란 수
영장에서 첨벙이고 있었다. 그곳에는 우리를 제외하면 사
람이 없었다. 일개미처럼 살아온 날들을 견뎌낸 나를 위
한 하늘의 선물일까? 한적하고 한가한 자유 시간. 감히
상상도 못 할 호사를 야무지게 누리고 있었다. 평소처럼

난 물속을 허우적거리고 있었고, 동행은 정지 상태로 배영을 하는 것처럼 물 위에 고요히 떠 있었다. 그때까지 앞으로 나아가는 수영에만 몰두했던 내게 수면 위에서 잠든 듯 유유히 떠 있는 그 모습이 그저 신기했다.

"어떻게 하는 거야? 난 아무리 해도 자꾸 가라앉아."

"이 자세의 포인트는 목에 힘을 빼는 거야. 잠자듯 편안하게."

동행은 차근차근 내 몸을 물 위에 펼쳐 놓고 자세를 잡아 줬다. 하지만 자꾸 몸은 물 안으로 가라앉았다. 코로 물이 들어오고, 의도하지 않은 내 발차기에 동행마저 물에 처박히기를 몇 번. 내 허우적거림이 만든 물보라에 동행은 물 따귀까지 맞았다. 흠뻑 젖어 엉망이 된 얼굴의 물을 딜어내던 동행은 인내심이 한계에 다다른 듯 냉기 가득한 목소리로 말했다.

"자세가 바로 됐는지 보려고 힘을 주고 목을 들면 엉덩이가 아래로 내려가. 그럼 몸이 자연히 가라앉잖아. 몸이 제대로 됐는지 자꾸 목을 들어 확인하다 보면 넌 평생 물 위에 눕지 못 할 거야. 네가 원하는 그 편한 자세 말이야."

자기검열. 내 자세가 흐트러졌는지, 내 말이 누군가에

게 상처를 주지 않는지 끊임없이 나를 돌아보고 단속했다. 그런 나를 보고 누군가는 자기 객관화가 철저하다고 했고, 다른 누군가는 자기 기준이 까다롭다고 했다. 누군가의 흐트러진 모습, 누군가의 상처 주는 말 한 마디가 거울처럼 느껴졌다. '나는 저렇게 어처구니없는 행동은 하지 말아야지', '저렇게 비수 꽂는 말 하지 말아야지.' 이렇게 다짐하며 나를 다그치고, 일상을 조였다.

　오랜만에 본 지인과 그간 어떻게 살았는지 근황 토크를 할 때였다.
　"오늘은 요가를 갈 거고, 일주일에 몇 권의 책을 읽고, 바쁜 시즌이 끝나고 한숨 돌릴 틈이 생기는 다음 달에는 어디로 여행을 갈 거고, 상반기에는 뭘 이뤘고, 올해 안에는 다음 책을 내는 게 목표야."
　마무리에는 계획을 수행해 가는 현실도 힘들다는 하소연으로 마침표를 찍었다. 못 본 사이 내가 지키고 있는 일상의 루틴과 앞으로 이루고 싶은 목표에 대해 속사포 랩을 하듯 브리핑했다. 지독한 계획형 인간의 프리스타일 랩에 지인은 이마를 살짝 찌푸리며 말했다.
　"그렇게 힘든데 왜 해? 누가 시킨 것도 아니고 네가 하고 싶어서 하는 거잖아. 할 수 있는 만큼만 하면 안 돼?"

"어… 그러네. 내가 하겠다고 해 놓고 왜 힘들다고 징징댈까?"

아무것도 안 하면 아무것도 얻을 수 없다. 이 생각은 게으름을 피우려는 내 몸과 마음에 따끔하게 닿았다. 크고 대단한 게 아니어도 사부작사부작 움직이다 보면 그 시간이 쌓여 언젠가 나를 좀 더 좋은 곳에 데려다 주리라 믿었다. 시간을 쪼개 책을 읽고, 운동을 하고, 사람들을 만나 얘기를 듣고, 모르는 세계의 문을 두드리며 좀 더 괜찮은 나를 만드는 일에 투자했다. 편안하고 안락한 날들을 위해 지금은 나를 단련하는 시간이라고 생각했다. 한껏 달궈진 무쇠를 망치로 두드리면 단단하고, 예리한 칼이 되는 것처럼. '그런데 이놈의 단련은 언제 끝이 나는 걸까? 불에 달궈지고, 망치로 얻어맞고, 담금질만 하다가 무 하나 썰지 못 하고 끝나는 거 아닐까?' 불안이 밀려들 때였기에 지인의 그 말에 정신이 번쩍 들었다.

이제 자꾸 목을 들어 내 자세를 확인하는 일은 그만두기로 했다. 코로, 귀로 들어온 물을 빼내기도 지쳤다. 꼬르륵 가라앉느라 먹은 물 때문에 배가 터질 지경이다.

물 위를 침대 삼아 느긋하게 누워 있는 모습으로 살고 싶다면 그 자세를 위한 첫 단계, 힘을 줘서 목을 들어 나를 검열하는 일부터 그만둬야 했다. 수면 위에 몸을 편안히 눕힌다. 귀에 물이 들어오는지 귓가에 꿀럭꿀럭 소리가 들린다. 슬쩍 두려움이 차오른다. 숨을 한 번 크게 들이마시고 천천히 내뱉으며 고개를 더 뒤로 편히 떨어뜨린다. 몸은 더 안정적인 자세가 되고 가볍게 물 위에 둥둥 뜬다. 살랑이는 바람에 살짝 물결이 치고, 그 물결이 모여 내 몸을 조금씩 밀고 간다. 따가운 햇빛 구간을 지나 수영장 가장자리, 야자수 그늘 쪽에 나를 데려간다.

　　몸의 힘을 뺄수록 몸과 마음에는 편안함이 쌓인다.

지금
당신 등에는
뭐가 적혀 있나요?

성분 분석표의 쓸모

엄마에게는 참기름을 고르는 당신만의 철칙이 하나
있다. 무조건 전통시장 기름집에서 갓 짜낸 것만 산다는
것! 노란색 혹은 빨간색의 플라스틱 모자를 쓴 소주병에
담긴 그 참기름 말이다. 엄마가 기름집의 참기름만 고집
하는 이유는 단순하다. 바로 맛과 향. 마트에서 파는 난다
긴다 하는 대기업들의 제품은 따라올 수 없는 진한 맛과
향 때문이다.

기름집 참기름 맹신자의 딸로 NN년을 살았으니 이젠 눈 감고도 공장 출신과 기름집 출신을 구별할 수 있다. 하지만 언젠가 이 차이는 단순히 출신지나 제조 공정의 차이 때문에 생긴 게 아니라는 걸 알게 됐다. 포장 뒷면, 깨알만큼 작은 글씨의 '원재료 및 함량'에서 그 비밀을 풀었다.

　마트에서 쉽게 살 수 있는 다수의 공장제 참기름은 참깨분, 즉 참깻가루를 압착해 짜낸 기름이다. 반면, 기름집 참기름은 대부분 통깨를 볶아 기름을 낸다. 원재료인 참깨가 가루냐 통이냐로 참기름의 맛과 향이 결정된다. 소비자들이 포장 겉면의 깨알 같은 글씨들을 세심하게 확인하지 않으면 참깨분으로 만든 밍밍한 참기름을 고를 확률이 높다. '대한민국 최고의 식품 전문가들이 모인 대기업에서 참기름만큼은 제대로 만들지 못할까?'라고 품었던 오래된 물음표가 그제야 눈처럼 스르륵 녹아 없어졌다.

　성분 분석표를 보지 않았다면 평생 몰랐을 참기름의 비밀을 알게 된 후 가공식품을 살 때는 제품 뒷면의 성분 분석표를 확인하는 버릇이 생겼다. 원재료는 뭐가 얼마나 들었는지, 인공 첨가물은 어떤 게 들었는지 천천히 살핀다. 같은 제품이라도 제조사에 따라 재료의 함량과 성분은 천차만별이다. 흐릿해지는 눈에 힘을 빡 주고 참깨알 크기의 성분 분석표 속 작은 글자들을 보며 생각했다.

'내 등에 원재료 및 함량 표시가 적힌 성분 분석표가 있다면 뭐가 적혀 있을까?'

지난 연말, 호되게 몸살을 앓았다. 며칠이 지나 얼음 망치로 두들겨 맞은 듯 쑤셨던 근육통은 사라졌지만, 겨울 치고 그다지 추운 날씨가 아니었는데도 으슬으슬 몸이 떨렸다. 오한을 몰아내려 숨이 막힐 만큼 겹겹이 옷을 껴입었다. 발, 허리, 배, 등 몸 곳곳을 핫팩으로 도배했다. 담요만큼 두껍고 커다란 머플러를 미라처럼 몸에 휘감고 살았다. 그렇지만 무슨 짓을 해도 뼛속부터 올라온 독한 한기는 사라지지 않았다.

여러 상황 때문에 병원은 가지 못했다. 대신 출근 전 약국에 들러 처방받은 약을 먹었다. 한약, 양약을 아우르는 총천연색 감기몸살약이 몸에 차곡차곡 쌓였다.

그 약마저 다 떨어진 어느 날 새벽 7시. 아직 어둠이 다 사라지지 않은 그 시간, 전철 역 앞 약국의 간판이 반짝였다. 이 시간에 용케 문을 연 약국이 있었다. 사무실에 들어갔다 약국 여는 시간에 다시 나오는 수고를 덜었다는 기쁨에 잠시 미소가 스쳤다. 문을 빼꼼 열고 들어가 잠이 덜 깬 약사에게 증상을 전했다. 좀비 같은 몰골을 한 나를 빤히 보더니 약사는 말했다.

"감기약을 먹어도 계속 오한이 난다고요? 그게 다 에너지가 바닥이 나서 그래요."

증상을 말하면 자판기처럼 감기약을 쥐여 주던 이전 약사들과 달랐다. 그는 흔한 감기약 대신 일시적으로 에너지를 채워 준다는 약을 내밀었다. 계산 후 그 자리에서 약을 입에 털어 넣고 약국을 나왔다. 약 효과가 바로 나타난 걸까? 아니, 정확히는 예상치 못한 약사의 그 말이 더 효과가 컸다. 약사의 한마디 덕분에 흐릿했던 정신과 몸이 선명해졌다.

의사나 약사들이 자동 응답기처럼 하는 말이 있다.

"스트레스 받지 마시고요, 잠 충분히 자고 밥 잘 먹고 쉬면 나아요."

그걸 몰라서 안 하는 게 아닙니다만…. 크게 다르지 않은 말이었음에도 오늘 약사가 건넨 말은 묘하게 위로가 됐다. '아! 내 몸에 에너지가 바닥이 난 거였구나.' 에너지가 바닥났다고 아우성쳤는데 그것도 모르고 몸을 쥐어짰으니 탈이 난 것이었다. 그때 내 등 뒤에 성분 분석표가 있다면 아마도 이런 내용이 적혀 있지 않았을까?

피로 50%, 에너지 20%, 스트레스 15%,
불안 10%, 무력감 3%, 짜증 2%

성분 분석표가 등에 있으니 내가 이 지경인 걸 확인할 길이 없다고 생각했다. 하지만 생각해 보면 등에 있는 성분 분석표를 확인할 방법이 아예 없는 건 아니다. 도구를 이용하면 확인이 가능하다. 우린 대부분 이 방법을 경험한 적 있다. 바로 미용실! 눈이 닿지 않는 뒷머리를 확인해 보라며 미용사는 거울에 다시 거울을 비춰 보여 준다. 이 방법이라면 나라는 인간의 성분 분석표가 등에 있건 머리 꼭대기에 있건, 뒤통수에 있건 확인할 수 있다.

새해에는 거울 보는 시간을 늘리기로 다짐했다. 기본 상태를 비추는 거울인 '식욕'이 어떤지, 심리 상태를 비추는 거울인 '안색'이 어떤지, 고민 상태를 비추는 거울인

'책이나 동영상 또는 음악 목록'은 어떤지, 심리적 안정 상태를 확인하는 거울인 '수면'도 빠트려서는 안 된다. 여러 종류와 모양의 거울 속 나를 들여다보면서 세심하게 체크하기로 했다. 에너지가 바닥났는지도 모르고 채찍만 휘두르지 말고, 가능한 이상이 생길 일 자체를 만들지 말고, 능력 밖의 일을 끌어안고 해결해 보겠다고 무리하지도 말고, 생기지도 않은 일을 앞서서 걱정하지도 말고, 무기력 뒤에 숨어 회피하지도 말고. 나에 대해 온전히 집중하기로 했다. 새로 올 날들을 이렇게 채우면 내년 이맘때쯤 내 등의 성분 분석표에는 좀 더 따뜻하고, 긍정적인 단어들이 가득 차 있으리라 믿는다.

늦게 풀릴 팔자

사주의 쓸모

하루하루 사는 게 답이 없다 느껴질 때 운세 상담소의 문을 두드리던 시절이 있었다. 태생이 겁쟁이라 신점 같은 정통 샤머니즘 전문점은 근처에도 못 가고 그저 사주 카페나 타로 마스터를 찾아가는 정도였다. 신 할아버지나 아기 동자, 장군님 같은 분들이 보내는 무시무시한 사인이 아닌 통계학에 가까운 사주를 볼 때면 똑같은 말을 들었다.

"늦게 풀릴 사주네요. 말년 운이 좋아요. 조급해하지

마세요."

　말년까지 기다리기에 내 체력도 인내심도 통장도 거의 바닥난 상태였다. '지금 당장 앞길이 캄캄한데 운 좋다는 말년까지 갈 수나 있을까?' 생각했다. 만 원짜리 몇 장으로 마음의 위안을 얻으려다가 사이다 없이 고구마 100개를 욱여넣은 듯 답답해진 가슴을 안고 그곳을 나왔다.

　같은 출발선에서 시작한 레이스였는데도 점차 거리가 벌어지고 있었다. 직급, 연봉, 집의 크기, 자산 보유량 외에도 각종 숫자들은 친구나 동기들의 평균보다 한참 아래였다. 최신 스포츠카에 올라탄 채 빛의 속도로 내달리는 사람들의 뒤꽁무니를 부서지기 직전의 자전거 페달을 밟아 비틀거리며 쫓아가는 기분이었다. 아무리 비교해 봐도 경쟁이 안 되는 레이스 같았다. 남들은 쉽게 잘도 성과를 내는데 아등바등해야 겨우 보통의 끄트머리에 닿는 내 효율로는 답이 없었다.

　자꾸만 처지는 기분에 젖어 들어 손 하나 까딱하기 힘들었다. 물 먹은 스펀지처럼 무거워진 몸을 이불 위에 눕히고 생각했다. '나중에 덜 풀리더라도 좋으니 그때 풀릴 좋은 기운 지금 몇 개만 당겨서 쓸 수 있으면 얼마나 좋을까?' 일이건 돈이건 사람이건 뭐든 좋으니 하나라도 풀리면 소원이 없겠다고 바랐다.

소위 영재, 신동이라 불리는 사람들이 있다. 어린 나이에 천부적인 재능을 뽐내는 아이들은 일찌감치 스포트라이트를 받는다. 하지만 성인이 되어서까지 그 천재성이 이어지는 경우는 극히 드물다. 부러움을 샀던 재능이 되레 발목을 잡아 더 큰 성과에 닿지 못한다. '천재라며 왜 이걸 못해?', '천재라더니 이것도 몰라?' 같은 이상한 지적에 천재성은 깎여 내려간다. 특정 분야에 천부적인 재능이 있을 뿐이지, 세상 만물에 통달한 척척박사가 아닌데 말이다. 이렇게 천재성을 평생 꾸준히 유지하는 일은 힘들다.

언제 어떤 돌발 상황이 닥칠지 모른다. 자칫 삐끗하면 나락으로 떨어진다. 최고점에 오르면 어쨌든 내려갈 일만 남게 되는 것과 같은 이치다. 세상은 일찍 목표를 달성한 사람이 그 자리에서 편히 쉬는 꼴을 못 본다. 더 높은 목표를 설정해 놓고 도전하기를 강요한다. 세상에 많은 영재, 신동들이 뜨고 지고 교체되는 걸 지켜봤다. 그 자리를 지키는 천재는 많지 않았다. 그들에게 선택지는 딱 두 개다. 끝없이 대기권 밖으로 뚫고 올라가거나 추락하는 방법뿐이다. 더 높은 자리로 올라가는 건 어렵고, 내려가는 건 쉬웠다. 일찌감치 성공한 어린 천재들에게 안정적인 착륙이란 불가능한 일이다.

손전등 하나 없이 캄캄한 동굴 속을 걷는 것 같은 초년은 훌쩍 지났고 중년이 진행 중이다. 한 걸음 한 걸음 말년을 향해 다가가고 있다. 사주 선생님들이 운이 풀릴 거라고 단언했던 그 말년이 가까워 온다. 그들이 말한 말년 운이 좋다는 의미를 조금은 알 것 같다. 나이가 들고 연륜이 생기면 뾰족했던 마음이 둥글둥글하게 변한다. 각자 삶의 모양이 다르고, 정답은 하나가 아니라는 걸 알게 된다. 1인분의 삶을 알뜰히 채우는 것만으로도 이미 충분하다는 사실 또한 깨닫는다. 좋게 말해 여유와 느긋함이 생겨나고 현실적으로 말해 적당히 포기하게 된다.

파릇했던 시절, 내가 남들과 다른 특별한 사람이 될 수 있을 거라 상상하곤 했다. 그 일말의 희망이 얼마나 부질없고 무모한 생각이었는지 주제 파악하게 된다. 보통과 평균이라는 단어가 주는 안정감을 알게 된다. 그 안에 들어가기까지 어쩌면 특별해지는 것보다 더 많은 노력이 필요하다는 걸 혹독한 현실을 통해 깨달았다. 일찌감치 성공해 경주마처럼 사는 것보다 느지막이 빛을 봐서 말년에 느긋하게 사는 것도 꽤 괜찮은 인생이라는 결론에 닿았다. 희망 고문이라고 생각했던 '늦게 풀릴 사주'라는 말이 사실 혜안에서 나온 응원이었다는 걸 이제는 안다. 어차피 인생은 길다. 지금은 괴로워도 말년에 좀 더 편안해질 거라는 믿음은 삶에 꼭 필요하다.

글을 쓸 때, 첫 문장에 심혈을 기울이던 시절이 있었다. 시작부터 읽는 사람들의 관심을 끌어당기지 못하면 마지막 문장까지 읽으리라는 보장이 없다 생각했다. 여전히 첫 문장을 쓸 때는 고심한다. 그 신중함은 이제 마지막 마침표를 찍는 순간까지 비슷한 강도로 유지된다. 첫 문장에만 올인하다 날림으로 마무리하면 글 전체의 밸런스가 무너진다. 시작을 아무리 공들여 써도 끝이 엉망이면 남는 게 하나 없는 글이 되고 만다.

내 인생의 마침표를 찍게 되는 날을 기대한다. 단지 말년 운이 좋을 거라는 사주 전문가의 말을 들어서가 아니다. 난 일찍 빛을 보는 영재나 천재 재질은 아니고 '존버^{존중하며 버티기}'라는 단어가 더 어울리는 사람이니까. 한 문장, 한 문장 정성을 들여 쓰듯 내게 주어진 하루하루를 잘 채워야만 말년이 지금보다 안락할 거라 믿는다. 인생의 마침표를 제대로 찍기 위해 내가 할 수 있는 최선이자 최고의 방법을 실천해 갈 뿐이다.

귀를 기울이면

BGM의 쓸모

소금빵이 맛있다는 소문을 듣고 동행과 아침 일찍 저수지 뷰가 멋진 베이커리 카페로 향했다. 요즘 트렌드에 맞게 대형 마트처럼 넓은 공간에서 정해진 시간마다 수십 종류의 빵이 쏟아져 나오는 곳이라고 했다.

해가 뜨거워지기 전에 저수지 산책을 마치고, 빵을 먹기 딱 좋은 공복 상태를 만들었다. 먹는 일에는 유독 치밀하고 계획적인 습관이 만든 결과다. 첫 소금빵이 나오는 시간에 맞춰 위풍당당하게 카페의 문을 열었으나… 이미 우리 앞에는 소금빵을 기다리는 사람들의 줄이 길었다. 아침 일찍 서두른 수고가 무색하게 빈손으로 돌아가야 하는 건 아닐까 조마조마한 가슴을 안고 줄 끄트머리에 섰다.

슬픈 예감은 왜 틀리지 않을까? 앞사람이 마지막 소금빵 다섯 개를 자신의 쟁반으로 쓸어가는 모습을 무기력하게 지켜볼 수밖에 없었다. 구매 개수 제한이 1인당 다섯 개까지였기에 자신에게 허락된 몫을 알뜰히 챙겨가는 그 사람을 말릴 근거가 없었다.

코앞에서 마지막 소금빵을 떠나보냈다. 일찍 일어나는 새가 벌레를 잡아먹지만, 똑같이 일찍 일어나도 운이 좋은 사람이 소금빵을 먹는다. 산책하다 풍광이 멋져 카메라에 담느라, 앞서가던 강아지의 재롱을 구경하느라 시간을 흘려보냈다. 그렇게 허비한 시간에 대해 뒤늦은 후회가 밀려왔다. 그때 사진만 하나 덜 찍었어도, 강아지한테 눈길만 안 줬어도… 아쉬워해 봤자 소용없었다.

다음 소금빵이 나올 때까지 한 시간 정도를 기다려야 하는 상황. 결정해야 했다. 기다리느냐 아니면 다음 기회를 노리느냐. 하지만 아침부터 이 지독한 패배감을 안고 집으로 돌아갈 순 없었다. 마음을 먹었을 때 실행할 것! 모호한 다음으로 미루는 어리석은 짓은 하지 말자! 이게 지금 내 삶의 모토다.

　일단 아이스 아메리카노를 시켰다. 시원한 아메리카노 한 모금으로 눈앞에서 놓친 소금빵을 향한 아쉬움과 분노를 식혔다. 책을 펴고 다음 빵이 나올 때까지 기다리기로 했다. 사실 책은 펴 놓기만 했지 카페를 오가는 사람들을 훔쳐보는 재미가 더 컸다. 호텔 로비처럼 골드 앤 그레이 톤으로 꾸며 놓은 인테리어와 탁 트인 저수지 뷰. 분위기만으로 휴양지 리조트에서 조식을 기다리는 기분이었다. 이른 아침인데도 빵을 사기 위해 도심과 제법 거리가 있는 이곳까지 오는 사람이 적지 않았다. 토요일 아침의 대형 베이커리 카페는 번잡하지도 한산하지도 않은 딱 적당한 사람의 밀도였다. 묵직한 카페 문을 여는 사람마다 표정에는 설렘이 가득했다. 빵 덕후들에게 부푼 빵의 크기와 행복도는 비례하니까. 한 자리에 앉아 그 미묘한 차이를 가진 얼굴들을 무심하게 지켜 보고 있으니 그제야 BGM이 귀에 들어왔다.

"선곡이 의외네. 이 시간이면 잔잔한 재즈나 클래식이 나올 분위기인데 최신 댄스 가요네."

"왜 그렇다고 하잖아. 빠른 음악을 틀면 사람들이 살 거 빨리 사고 나간다고."

그 말을 들으니 음악이 음악으로만 들리지 않았다. 커다란 매장 가득 쿵짝이며 울리는 노래가 살 거 산 손님들은 얼른 나가라고 밖으로 안내하는 계산된 수신호처럼 느껴졌다.

기업들이 음악 마케팅을 한다는 건 널리 알려진 사실이다. 레스토랑에서 느린 음악을 들려주면 매출이 10% 정도 올라가고, 백화점의 할인행사 때 빠른 음악을 들려주면 고객 회전율을 10%까지 높인다는 연구도 있다. 백화점 명품 샵이나 화장품 매장의 경우 가벼운 뉴에이지나 재즈 연주곡을 위주로 튼다. 높은 층의 식당가나 세일 코너는 회전율을 높이기 위해 빠른 템포의 최신 가요 등을 선곡한다. 별다방의 경우 아침에는 경쾌한 음악, 오후에는 조용한 클래식이 나온다. 업종이나 계절과 날씨, 손님 타깃에 따라 선곡은 달라진다. 인식하지 못하는 사이 교묘한 음악 마케팅의 영향을 받아 우리는 지갑을 열고, 닫는다.

나 역시 상황에 따라 BGM을 달리 튼다. 노동요만 해도 그렇다. 단순 반복 작업을 할 때는 템포가 빠른 곡을, 집중해서 몰입해야 할 때는 가사 없는 연주곡을 듣는다. 운동할 때는 비트가 강한 곡, 책이 눈에 들어오지 않을 때는 섬세한 가사가 있는 잔잔한 힙합을 듣는다. 여행을 갈 때는 한 곡만 반복해 듣기도 한다. 나중에 언제 어디서든 그 곡을 들으면 여행했던 날들을 떠올리며 잠시 추억에 젖을 수 있기 때문이다. 이렇게 일상에 많은 음악을 뿌려 놓는다. 손과 머리를 빠르게 회전시키기 위한 윤활유로, 때로는 달아 오른 열을 식히는 냉각수로 활용한다.

내가 트는 BGM이 없으면 누군가가 의도해 계획적으로 튼 BGM 속도에 맞춰 살게 된다. 매장에서 흘러나오는 음악의 빠르기에 따라 내 지갑이 열리고 닫히고, 깊이 고민할 상황도 쫓기듯 결정하게 되는 것처럼. 내가 정한 목표를 향해 흔들리지 않고, 지치지 않고 가기 위해 BGM을 신중하게 택한다. 주변의 소음이 시끄럽게 방해해도 귀를 기울여 내가 택한 인생의 BGM에만 집중한다. 그 비트와 속도에 맞춰 걷다 보면 틀림없이 내가 이루고자 했던 목표에 닿을 거라는 걸 잘 안다.

제가
알아서 할게요

다크 모드의 쓸모

옛날부터 흰 종이에 검은 잉크, 혹은 먹물로 글씨를 쓰는 것이 당연했기 때문일까? 세상의 많은 텍스트 콘텐츠는 흰 바탕에 검은 글씨가 기본이다. 이 습관은 디지털 시대가 와도 변함이 없었다. 하지만 몇 해 전부터 IT업계에서 다크 모드Dark mood 열풍이 뜨겁다. 배경색을 어둡게 하고 글자를 밝게 한 사용자환경UI 디자인을 뜻하는 다크 모드. 글로벌 기업들뿐만 아니라 국내외 인터넷 서비스 업체들도 속속 다크 모드 테마를 지원할 정도로 이제는 흔해졌다.

　내 스마트폰도 다크 모드다. 기본 설정은 물론 주요 포털이나 자주 가는 사이트도 다크 모드를 지원하는 곳이라면 어김없이 택한다. 눈의 피로를 줄여 주고, 배터리 소모를 늦춘다는 얘기에 귀가 솔깃해 바꾸게 됐다. 하루에도 수십 번 아니 수백 번 스마트폰을 눈에 박고 사니 조금이라도 눈 건강을 챙길 수 있지 않을까 기대하며 바꿨다.
　다크 모드는 만족스러웠다. 기본 모드인 흰 배경에 검정 글씨일 때보다 다크 모드로 바꾼 이후 눈부심이 덜했다. 배터리 소모 속도도 더딘 것 같고, 무엇보다 마음의 안정감이 컸다. 그 효과를 누구보다 절실히 체감하고 난 후 '다크 모드 예찬론자'가 됐다.

　다크 모드는 스마트폰에만 필요한 건 아니다. 종종 내 삶에도 다크 모드가 필요할 때가 있다. 밤이나 어두운 실내처럼 빛이 적은 환경에서 눈부심을 최소화하면서도 선명하게 보고 싶을 때 제격인 다크 모드. 세상이 원하는 밝기에 맞춰 내 한도를 넘어서서 밝은 척하기 지쳤을 때는 다크 모드 스위치를 올려야 한다. 내 마음이 한밤중인데 남들이 대낮이라고 그 밝기에 맞춰 내 한계 이상으로 밝기를 높이면 내가 망가진다. 마치 눈부심 현상 때문에 눈이 망가지는 것과 같은 이치다.

사회생활을 하다 보면 웃기지 않아도 웃어야 할 순간이 온다. 밝은 웃음은 원만한 사회생활을 위한 윤활제라고 생각했다. 그런데 웃겨야 웃지, 대부분은 웃기지 않는데 생글거리며 웃음을 쥐어 짜내야 한다. 내 목숨 줄을 쥔 윗사람의 철 지난 유머에 물개박수 치며 허리가 꺾어져라 웃는다. 불편한 상황에 대답 대신 어색한 미소를 짓곤 했다. 정말 시원하게, 혹은 까무러칠 정도로 큰 소리를 내며 웃을 만한 일은 왜 점점 줄어들고 자책과 쓰라림이 남는 씁쓸하게 웃었던 순간들만 쌓이는 걸까?

웃기지 않으면 웃지 말자고 다짐했다. 매번 죽상을 하고 살 필요는 없지만 그렇다고 피에로처럼 웃는 얼굴로 살 수도 없다. 에너지를 쓸 때 제대로 쓰려면 아낄 때는 아껴야 한다. 내 인생의 지분 없는 사람들이 책임도 안 질 선 넘는 소리를 쏟아 낸다면 어색한 미소를 지을 게 아니라 다크 모드 스위치를 올릴 타이밍이다.

시험은 몇 점 맞았는지, 대학은 어디를 갈 건지, 취업은 어떻게 준비하고 있는지, 더 늦으면 애 낳을 때 고생할 테니 결혼은 하루라도 빨리 하라든지, 그렇게 여행만 다니면 집은 언제 살 건지까지 불편한 질문이 비수가 되어 가슴에 꽂힌다.

진짜 궁금해서 답을 듣고 싶은 게 아니다. 어색한 침묵의 시간을 채우기 위해 급조한 질문일 뿐이다. 안 하고 싶어서 안 하는 거고, 못 하고 싶어서 못 하는 게 아니기에 가슴만 답답하다. 밥 한 번 사는 거까지 바라지도 않는다.

껌 한 개 안 사 주면서 남의 인생에 감 놔라 배 놔라 피처링하는 사람들의 말을 진심으로 경청한 적도 있었다. 그 말을 들으니 난 틀려먹은 인생을 사는 사람이었다. 이 나이를 먹도록 번듯한 직장은 물론 모아 둔 돈도 없고, 결혼도 안 하고, 아이도 없으니 말이다. 다 경험에서 우러난 피가 되고 살이 되는 말이겠지만 내 인생의 목표가 그들이 말한 지점이 아니었기에 그저 잔소리로만 들렸다. 틀린 인생이 아니라 좀 다른 인생을 선택한 것뿐이다. 영혼 없는 오지랖에 일일이 신경 쓸 필요가 없다. 웃음기 싹 빼고 그 자리에 다크함을 가득 채우고 입을 연다.

"걱정되면 돈으로 주세요. 그게 아니라면 제가 알아서 할게요. 지금까지 그래왔으니까."

다크 모드를 장착하고 더 듣고 싶지 않다고 단호하고 시크하게 나가야 한다. 스마트폰의 다크 모드가 배터리를 아끼는 것처럼 삶의 다크 모드 역시 일상의 피로를 줄이고, 에너지를 아낄 수 있다는 장점이 있다. 일반 모드로 살다가 만성 피로에 시달리다 못해 방전 상태라면 다크 모드를 실천해 보자. 당신은 소중하니까. 필요하다면 지금 당장 과감히 다크 모드를 켜길 빈다.

영혼은 약에 쓰려 해도 찾아볼 수 없는 오지랖에
일일이 신경 쓸 필요가 없다.

일반 모드로 살다가 만성 피로에 시달리디 못해
방전 상태라면 다크 모드를 실천해 보자.

뜻밖의 횡재

고개 숙이기의 쓸모

온종일 몸도 마음도 탈탈 털린 날이었다. 쓰레기통으로 들어가기 직전의 행주 같은 너덜너덜한 몰골을 한 채 집으로 향하는 길, 놀이터만 지나면 집이 보일 때였다. 마지막 남은 힘을 쥐어짜 발끝에 싣고 걷다 저 멀리 바닥에서 뒹구는 낙엽이 눈에 들어왔다.

'아직 나뭇잎이 질 때가 아닌데 오늘 바람이 많이 불었나?'

머릿속으로 오늘 날씨를 되짚어 보며 멍하니 걸었다.

가까이 갔을 때 고개를 숙여서 본 나뭇잎은 색깔이 영 낯설었다. 게다가 나뭇잎에서 볼 수 없었던 묘한 무늬가 새겨져 있었다. 보랏빛이 감도는 청색에 사람 얼굴이 그려져 있다.

'낯이 익은 얼굴인데? 퇴계 이황… 그래. 낙엽이 아니라 천 원짜리 지폐다.'

돈이라는 걸 깨닫는 순간, 흐릿했던 정신이 번쩍 들었다. 금방이라도 꺼질 촛불 같던 몸과 마음에 생기가 돌았다. 일단 고개를 돌려 주위를 한 번 둘러보며 근처에 흘린 사람이 있는지 없는지부터 살폈다. 그 누구도 없다. 늦은 시간이라 놀이터 근처에는 개미 한 마리도 보이지 않았다. 인간 본성을 파헤치기 위한 실험 카메라일까 싶어 한 번 더 꼼꼼히 주변을 살폈다. 역시나 카메라도, 사람도 없다.

한결 편안해진 마음으로 느긋하고 자연스럽게 떨어져 있던 천 원을 주웠다. 그게 끝이 아니었다. 멀지 않은 곳에 두 장이 더 있다. 갑자기 총 3천 원의 공돈이 생겼다. 3천만 원이었다면 경찰서로 직행했겠지만, 3천 원을 들고 경찰서에 가긴 좀 그랬다. 초등학생이라면 정직하다고 칭찬이라도 받을 테지만 성인이 3천 원을 들고 갔을 때 마주 선 경찰이 어떤 표정일지 머릿속에 그려졌다. 퇴계 이황님이 아닌 신사임당님이 오셨다면 어떻게 해야 할까 상상했지만 신사임당님이셨어도 난 경찰서 문을 두드리진 못했을 거다. 조용히 주머니에 넣고 빠르게 집으로 향했다. 현관문을 열자마자 천 원짜리 세 장을 팔랑이며 엄마한테 말했다.

"엄마, 놀이터 근처에서 3천 원 주웠어. 주운 돈은 빨리 써야 한다니까 얼른 뭐라도 사!"

한창 티브이 속 트로트 가수의 노래를 따라 부르던 엄마는 노래를 멈추고 3천 원을 냉큼 받아들었다. 눈을 반짝이며 3천 원으로 뭘 사야 할지 잠시 고민했다. 엄마의 표정에서 갑작스레 쥐어진 용돈을 받아들고 얼떨떨해하던 다섯 살 조카의 얼굴이 겹쳐 보였다.

답을 정하지 못한 채 얼른 슈퍼로 향했던 엄마는 얼마 후 품에 짜장 라면 세 개를 안고 돌아왔다. 머지않아 이 짜장 라면들은 식탁 위에 올라 우리 가족의 맛있는 한 끼가 될 것이다. 유독 지치고 힘들었던 하루의 끝, 우연히 길에서 주운 천 원짜리 세 장 덕분에 웃으며 마무리할 수 있었다.

생각해 보면 3천 원이란 공돈도 그냥 굴러 들어온 게 아니다. 온종일 에너지를 바닥까지 탈탈 털어 쓴 탓에 지쳐 고개 들 힘조차 없던 덕분이다. 평소처럼 귀에 꽂은 이어폰에서 흘러나오는 음악 비트에 맞춰 경쾌한 발걸음으로 걸었다면 지나쳤을 게 분명하다. 고개를 푹 숙이고 걸었기 때문에 바닥에 떨어진 지폐가 눈에 들어왔다. 그래서 짜장 라면 세 개의 행운은 내게 올 수 있었다. 내가 주운 덕에 우리 집에서는 짜장 라면이 되었지만, 다른 누군가의 손에 들어간 3천 원의 운명은 모를 일이다. 떡볶이가 될 수도 있고, 아이스크림이 될 수도 있고, 아니면 커피 한 잔이 됐을지 알 수 없다.

언젠가 격투기 선수를 인터뷰한 적 있다. 승리를 위해 제일 중요한 게 무엇인지 물었다. 우락부락한 체격과 달리 인터뷰 내내 눈도 제대로 맞추지 못하던 수줍은 선수. 표정에 어색함과 무뚝뚝함이 가득했던 그의 입가에서 처음 생기가 돌았다. 그리고 얼굴 가득 환한 미소를 채우며 말했다.

"자세 낮추기요."

상대의 공격에 쉽게 넘어가지 않기 위해 제일 먼저 해야 하는 건 무게 중심을 아래로 낮추는 것이라고 했다. 무게 중심이 높으면 바닥을 지지하는 힘이 약해진다. 몸의 균형이 무너지면 쉽게 상대에게 밀리거나 넘어진다. 그래서 선수들은 경기 시작 종이 울리면 버틸 수 있는 최대한 낮은 지점에 무게 중심을 두기 위해 자세를 낮춘다. 고개를 빳빳이 들고서는 무게 중심을 낮출 수 없다. 나를 낮추지 않으면 더 높은 곳에 올라가지 못한다.

20세기 때만 해도 '벼는 익을수록 고개를 숙인다'는 속담을 방패 삼아 어린이들에게 겸손을 강조했다. 21세기가 되니 고개 숙이기의 목적이 달라졌다. 더 높은 곳으로 튀어 오르기 위해, 더 먼 곳에 닿기 위해 고개를 숙여야 한다. 같은 고개 숙이기라도 목적은 겸손보다는 성공 쪽에 무게가 옮겨갔다.

고개를 툭 떨어뜨린 채 걷는 많은 사람을 본다. 책이며 노트북이 든 묵직한 가방을 등에 지고 걷는 취준생과 수험생, 피로에 찌든 직장인, 하한가를 확인한 주린이, 게임에서 진 어린이까지 일면식 없는 사이라도 고개를 숙인 사람을 보면 가슴 속에 짠함이 차오른다. 하지만 영원히 고개 숙인 채 사는 사람은 없다.

지금 고개 숙이고 있다고 해서 기죽을 필요는 없다. 고개를 숙여야만 보이는 게 있다. 고개를 숙이면 바닥에 떨어진 공돈이 보이고, 피해야 할 개똥이 보인다. 신는 사람의 성격대로 뒷굽이 닳은 신발이 보이고, 모양이 반대로 끼워진 보도블록이 보인다. 시멘트가 마르기 전 발 도장을 찍은 고양이의 흔적이 보이고, 쓰레기 더미 사이에서 피어난 이름 모를 풀꽃이 보인다. 공돈에서는 기대하지 않았던 횡재의 기쁨을 얻고, 시멘트 위 고양이 발 도장에서는 선점의 중요성을 깨닫는다.

방향이 다르게 놓인 보도블록에게서 남들과 다른 결로 살아가는 것에 대해 고민하는 내 모습을 본다. 쓰레기 틈에서 피어난 꽃을 보고 이 거지 같은 현실을 견디면 언젠가 내 인생도 저 꽃처럼 활짝 피어나지 않을까 기대하게 된다.

이왕 고개를 숙였다면 자세를 낮추고 우리 주변의 낮은 곳에 있는 사물들을 유심히 지켜볼 필요가 있다. 고개를 숙이지 않았다면 지나쳤을 그 작은 것들이 건네는 응원 메시지를 가슴에 새기고 살다 보면 틀림없이 고개를 번쩍 들 날은 온다.

인생에
간주 점프 버튼은
없으니까

간주 점프 버튼의 쓸모

코로나19 바이러스가 세상을 뒤덮기 전 회식의 마침표는 늘 '노래방'이었다. 흥이 차고 넘치는 민족에게 이보다 가성비 좋은 곳은 없었다. 이미 술은 먹을 만큼 먹었고, 더 들어갈 곳이 없을 때 가는 곳이 바로 노래방이다.

술에 찌든 사람들 사이, 그나마 정신이 살아 있는 사람들의 안내로 어두컴컴한 유흥의 장으로 몰려간다. 이성과 자아는 이미 술기운에 실어 날려 버린 지 오래. 평소에는 보지 못한 텐션과 춤사위가 난무한다. 이 흥 많은 사람들이 점잖은 척하며 산다고 얼마나 힘들었을까? 먼지 쌓인 장식품처럼, 조용히 자기 자리에만 머물던 사람도 노래방에 오면 잠자고 있던 '흥 DNA'를 폭발시킨다. 내 곁에 이토록 많은 지킬 박사와 하이드가 있었다는 사실을 그제야 알게 된다.

술이 약한 나는 대부분 이미 노래방에 오기 전에 뻗는다. 남들이 한창 텐션에 오를 시점, 난 이미 정점을 찍고 서서히 정신이 든다. 그러니 노래방에 올 때쯤에는 거의 술이 깨 간다. 문제는 내가 노래방을 별로 좋아하지 않는다는 사실이다. 떠밀려 노래를 하는 것도, 탬버린을 흔드는 것도 영 취향에 맞지 않았다. 하지만 회식을 쏙 빠질 만큼, 깡이 있는 것도 아니니 그저 술이 깨도 여전히 취기가 있는 것처럼 어설픈 연기를 하며 노래방의 시간이 끝나길 기다릴 뿐이다.

노래방을 좋아하지 않는 사람이 노래방에서 할 수 있는 건 그다지 많지 않다. 술만큼이나 체력도 약하니 노래방에서 못다 잔 잠을 채운다. 노래방 소파는 의외로 숙면하기 좋은 쿠션감을 가졌다. 남들이 핏대 세우며 열창할 때, 난 고음과 음 이탈 등 각종 소음이 난무하는 현장에서 숙면을 취한다. 끈적한 테이블에 기대 잠이 들었다 깼다를 반복하며 노래방에서 흥을 분출하는 사람들을 실눈을 뜬 채로 구경한다. 사람들은 음악을 좋아해서 노래방을 가는 줄 알았다. 그런데 십 수년간 노래방 회식의 경험으로 깨달았다. 그들은 음악을 좋아해서 가는 게 아니라 그저 노래하기 위해 노래방에 가는 거였다. 노래방 기계는 노래를 즐기기 위해서가 아니라 노래를 '하기' 위한 각종 기술이 집약되어 있다.

그중 내가 제일 의아했던 기능은 '간주 점프 버튼'이다. 간주를 건너뛰려면 노래를 왜 하는 건지 이 버튼의 쓸모에 대해 원론적인 궁금증이 생겼다. 난 전주와 후렴처럼 간주 역시 한 곡의 음악을 완성하는 중요한 요소라고 여겼다. 그런데 그걸 스킵하면 충분히 감정이 잡힐까? 제대로 된 노래가 나올까?

하지만 걱정은 사치였다. 노래방에서 부르는 노래는 음악과 구분할 필요가 있다. 노래방에 온 사람들이 부르는 노래는 단지 크게 소리를 질러 스트레스를 해소하거나, 기교를 뽐내기 위한 수단일 뿐이다. 1분 1초가 돈인 노래방. 목소리를 내지 않는 간주를 과감하게 건너뛰는 게 경제적이고 효율적이었다. 간주 점프 버튼은 빨리빨리 민족 맞춤형 기술이다. 노래를 부르고 싶은 사람에게 바로 노래를 대령하는 마법 버튼이었다.

'인생에도 간주 점프 버튼이 있으면 얼마나 좋을까?' 라고 생각했던 적이 있다. 간주 점프 버튼을 누르자마자 시작된 2절을 숨도 쉬지 않고 열창하던 왕년의 가수 지망생 출신 부장님의 노래를 들을 때였다. 그때 난 몸은 노래방 회식 자리에 있지만, 마음은 사무실에 두고 온 상태였다. 내겐 산더미처럼 쌓인 할 일이 남아 있고, 그 생각만으로도 머리가 지끈지끈 아팠다.

어디를 가든 마무리하지 못한 일이 마음을 무겁게 짓눌렀다. 출구가 보이지 않는 미로 속에 갇혀 제자리만 맴도는 기분이었다. 먼 훗날 내가 대체 어떤 대단한 사람이 되려고 이런 시련을 겪나 싶었다. 이럴 때 전지전능한 누군가가 내 인생의 간주 점프 버튼을 꾹 눌러주길 바랐다. 내 깜냥으로는 딱히 대단한 인물이 될 거 같지 않으니 얼른 결론부터 보고 싶었다. 피차 쓸데없이 시간 낭비하지 말고, 진 빼지 말고 본론부터 시작했으면 좋겠다고 생각했다. '대체 왜 인간은 이토록 많은 시행착오에 시달리고, 실패의 쓴맛을 봐야만 결과를 얻을 수 있는 걸까?' 스스로 찾지 않는 이상 누구도 답해 주지 않는 질문을 계속 쏘아댔다.

　전쟁 같던 성인 육춘기가 한참 지나고 나서야 알았다. 인생에서 간주 점프 버튼 누르기란 애초에 불가능하다는 사실을. 시작 없는 결과는 없고, 쉽게 얻은 건 눈 깜빡할 사이에 잃어버리기 마련이다. 오늘을 살아야 내일이 있고, 내일이 있어야 1년 후, 10년 후의 내가 있다는 걸 몰랐기에 바랐던 거다. 지금은 헤프게 흘려보내고 있는 것처럼 느끼는 시간도 지나면 그제야 흔적이 보인다. 그때 차분히 숨 고르던 시간이 있었기에, 머리를 쥐어뜯으며 고민한 순간이 있었기에, 막막함에 몸부림치던 노력이 있었기에 결과가 생긴다. 현실에는 간주 점프 버튼이 없기에 어색한 전주도, 긴장되는 첫 소절도, 반복되는 후렴도 아쉬움도 남지 않게 마음을 다해 불러야 한다. 반복 재생 없는 단 한 번의 삶이니까.

쓸데없어 보여도
꽤 쓸모 있어요

펴낸날 초판 1쇄 2021년 9월 30일

지은이 호사

펴낸이 강진수
편 집 김은숙, 김도연
디자인 임수현

인 쇄 (주)사피엔스컬쳐

펴낸곳 (주)북스고 **출판등록** 제2017-000136호 2017년 11월 23일
주 소 서울시 중구 서소문로 116 유원빌딩 1511호
전 화 (02) 6403-0042 **팩 스** (02) 6499-1053

ⓒ 호사, 2021

• 이 책은 저작권법에 따라 보호를 받는 저작물이므로 무단 전재와 무단 복제를 금지하며,
  이 책 내용의 전부 또는 일부를 이용하려면 반드시 저작권자와 (주)북스고의 서면 동의를 받아야 합니다.
• 책값은 뒤표지에 있습니다. 잘못된 책은 바꾸어 드립니다.

ISBN 979-11-6760-009-7 03810

책 출간을 원하시는 분은 이메일 booksgo@naver.com로 간단한 개요와 취지, 연락처 등을 보내주세요.
Booksgo는 건강하고 행복한 삶을 위한 가치 있는 콘텐츠를 만듭니다.